一人上手は駆け引きが下手

バーバラ片桐

Splush文庫

contents

〔一〕

「……くっ」

切迫した呼吸が、桜岡歩（さくらおかあゆむ）の口から漏れた。

都内にあるワンルームマンションで、歩は一人暮らしをしている。司法試験のための予備校へのアクセスのよさの代わりに広さを犠牲にしたから、何もかもコンパクトにまとまった室内だ。

八畳ほどのフローリングに、コンロが一つしかない狭いキッチン。

バスとトイレが一緒の細長い室内だから、玄関に立てば奥のほうまで見通せてしまうだろう。

窓を塞ぐように、大きなロフトベッドが置かれていた。

朝晩は肌寒く感じられる十月下旬だったが、歩は下着一枚つけていない。カーテンが引かれた室内で、歩はそのロフトベッドにつながれて身悶（みもだ）えている。

二十四歳の身体に食いこむ革製の拘束具は、一人で全て完成できるように開発されたものだった。

後ろ手にロフトベッドにつながれた歩の手首に、革の枷（かせ）が食いこんでいる。その枷は下半身の貞操帯につながっていた。

男性用の貞操帯は、射精管理のために使われるタイプがほとんどだ。非勃起状態のときにペニスをカップ部分に挿入し、下向きに折り曲げた形で固定して施錠すると、ペニスに触れられなくなる。

その状態で勃起すると、カップの容量限界まで達したところで、それ以上の膨張が物理的に抑えこまれる仕組みだった。

その圧迫感と焦れったさが拘束感を呼び起こし、直接しごいて射精したくてたまらなくなるのを、我慢するのが醍醐味だ。射精は施錠を外さないかぎり、かなわない。

そんな歩をさらに追い詰めるのが、後孔に忍ばせた淫らな玩具だった。今日は海外通販で届いたばかりのパワフルなフィンガーバイブを試したくて、このセルフ緊縛を試みたのだ。

電池を新しく入れたばかりのその道具がもたらす強烈な振動を、今の歩には止めることができない。貞操帯でその出入り口を完全に塞がれているうえに、貞操帯の南京錠の鍵は手の届かない床の向こうに放ってあるからだ。

そこまでは計算通りだったはずだが、さらに手枷をロフトの柱に固定する南京錠の鍵を、床に落としてしまったのは大失敗だった。

セルフ緊縛は、一人で全てを完成させ、ことが済んだ後には自力でその束縛から逃れられるように計算されている。だが、簡単にセルフ緊縛から逃れられるようでは楽しくない。どれだけ苦しくても、そう簡単には身体を責め嬲る道具から逃れることができないように、逃れる手段はより複雑なものに進化していく。

だからこそ歩の場合は、後ろ手の手探り状態で解錠するにはかなり難しい南京錠の鍵を採用していた。感じてたまらない中でそれを外すのはかなりの困難が伴い、その狂おしさが被虐な快感を際立たせる。

今日もその身体に襲いかかる悦楽に限界まで耐えてから、この自縛を終わらせるつもりだった。だが、手がすべった。いつもなら必ず手が届くように、ロフトに上がる金属製のはしごの段の途中にあつらえたケースの中に、しっかり鍵を収納しておくのに。

だが、フローリングの床に落下させてしまった鍵は、ロフトの柱に緊縛された状態では、どれだけ足を伸ばしても取ることができない。

――だから、……マズい……。

自力で逃れられない状態だ。

焦りは存在していたが、その鍵を引き寄せる方法を思いつかないでいるうちに、下肢に呑みこませたフィンガーバイブのスイッチが自動的に入った。その途端、電撃のように身体に襲いかかる振動に昂らされて、まともに頭が働かなくなる。

声を出して助けを呼ぼうにも、自分でくわえこんだボールギャグの孔からだらだらと涎があふれるばかりで声にならない。歩のあごや胸元を、唾液がいたずらに濡らしていく。

「ッ、……ぐ、……は、……ぐ……っ」

びくびくと震えながらのたうつ身体に、逃げ場はなかった。

前立腺に正確に押し当てられたフィンガーバイブが、身体の芯まで淫らな快感を送りこんでくる。

立っていられないぐらいなのに、膝を折ってしまっては手枷が手首にきつく食いこむ。だから、必死になって立っていなければならない。自分の足で立つことで後孔がきゅっと締まり、余計にそこに襲いかかる刺激から逃れることができなくなる。

バイブは一定ではなく、不規則に切り替わるようにプログラムされていた。その予測のできないランダムな動きが、歩をますます悦楽へと押し上げていく。いくら締めつけても、容赦のない振動は弱まるどころか、増幅されて身体の芯まで届く。ボールギャグ越しの声はうめきにしかならず、貞操帯の中のペニスが早くもその容量限界までふくれあがり、ギチギチとした拘束感をますます実感させた。

「ぐ、……ふ、ふ……」

まともに動けないまま、歩は虚(うつ)ろに視線をさまよわせる。

頭の中までシェイクされているように感じられるほど、体内のフィンガーバイブのパワーは圧倒的だった。今まで使っていたものとは、まるで違う。体内にぶぉんと刺激が突き抜けるたびに、耐えきれないほどの悦楽が前立腺を直撃して、立っていることさえ難しい。今の自分にその刺激は強すぎるほどに感じられたが、この状態では弱めることすらできなかった。どれだけ腰を振っても、そのバイブは感じるところから外れてくれない。ただ息を呑んで、その最強の振動が弱まるのを待つばかりだ。

「ぐ、ぐ、ぐ……」

長すぎるほどに感じられる責め苦の後で、どうにか振動が弱めに切り替わって、歩はようやく少しだけ力を抜くことができた。だが、またいつあの強烈な振動にさらされるのかわからない。悦楽の余韻が、全身を甘苦しく痺（しび）れさせている。

――もしかして、……電池が切れるまで……このまま、ずっと……？

あの強烈な電撃に、あと何十回耐えなければならないのだろう。そのことを想像してみただけで、気が遠くなるほどの絶望感と、歪（ゆが）んだ喜びが広がっていく。電池は新品だから、切れるまで何時間もかかるはずだ。それまで、この電撃に我慢し続けるなんて無理だ。

だが、そんなふうに思うかたわらで、ぞくぞくするような被虐的な喜びが広がるのを禁じ得ない。

――そんなの、……死ん……じゃう……。

最初のサイクルをやりすごしただけで、こんなにも大変だったのだ。身体は早くも汗ばみ、膝が震えて勝手に痙攣（けいれん）するほど感じきっている。

自分は、これからの責めにどれだけ耐え続けられるのだろうか。

バイブで弱く振動させられている襞（ひだ）がうずうずとした悦楽を伝え、絶え間なくひくついていた。先ほどはフィンガーバイブを呑みこませるだけでやっとだったところなのに、一サイクルの刺激を受けただけでそこがひどくほぐれ、淫らに蠢きだしているのがわかった。

　またdanだんと強くなっていく中の刺激に、次のサイクルが始まるのかと予想して身構えたとき、下肢のバイブはそれが動きはじめたときと同じように唐突に停止した。

　その代わりに動きはじめたのは、歩の両方の乳首に医療用テープで固定したカップ式の玩具だ。乳首を永遠に舐め回されたい愛好家のために開発されたもので、柔らかなシリコン製の舌が回転するだけという単純な仕組みでありながらも、スピードや回転パターンを自由に設定することができる。さらに六種類のアタッチメントがついていて、自分の好みの舌のタイプに付け替えることが可能だ。歩の好みのぐにぐにとするざらつく舌が、一番感じる回転速度で小さな乳首を容赦なくねぶりはじめた。

「…ふ、……ぐ……っ」

　両乳首に密着させたカップ内は、粘つくローションに満たされている。だからこそ、シリコンの舌が動くたびに、唾液をからめた舌で舐められているような体感が高まる。回転パターンやスピードはランダムに設定してあるから、下肢へのフィンガーバイブと同じく、次にどう動くのかまるで想像することができない。敏感な両方の乳首をぬるぬると絶え間なく舐め回される感覚に、歩はぞくぞくして肩を寄せた。動ける範囲は少なく、乳首からの刺激から逃れるすべはない。

「ふぐ、……ん、ん……」

頭を動かした拍子に、ボールギャグの孔にたまっていた唾液があごを濡らす。

この状況からどうやったら逃れられるか、しっかり考えなければならない。このままでは感じるたびに体力がそぎ取られ、助けを呼ぶのもはばかられる状態になっていく。

だが、硬く尖(とが)った乳首を、左右それぞれの違った動きで舐め回されている今の状態では頭が真っ白になるばかりだ。動けない状態での乳首への刺激は、二人の屈強な男に羽交(はが)い締めにされて、左右から乳首を舐め回されているような妄想を呼び起こす。

まるで自分が囚(とら)われの姫のように感じられた。

——だって、現実にはこんなふうに求められること、……ないから。

女性に生まれたならともかく、男性である自分の身体をこんなふうにしたがる相手がいるなど、歩には到底想像ができない。

恋人などできたことのない人生だった。眼鏡をかけた歩の野暮(やぼ)ったい容姿に、人々はまるで目を止めることはない。『ガリ勉』というあだ名が小学中学高校共通してつくほど勉強だけに熱中し、友達と遊ぶことよりも塾通いを優先させてきたから、友人と学校外で遊んだ記憶はほとんどない。

それでも、誰かの役に立つ仕事がしたかった。弁護士を目指してひたすら勉強し、学業で成功すればそれでめでたし、だったはずだが、合格間違いなしと言われて挑んだ一回目の司法試験には不合格だった。前日から急な腹痛に襲われてテストに集中できなかったためだが、その挫折（ざせつ）によって、自分はもしかしたらダメ人間ではないのか、という不安に歩は囚われるようになった。

不合格を知った夜、ふらりとアダルトショップに入ったときから、歩はこの逃避行動にのめりこむようになった。二度目の司法試験を目指して勉強している最中だが、このストレス解消のための行為はエスカレートするばかりだ。

「ふ、……ぐ、ぐ、ぐ……」

乳首の責めに耐えかねて身体をひねるたびに、体内深くまで潜（もぐ）りこんだバイブが襞を刺激する。今はそのバイブの動きは止まっていたが、ただあるだけでも淫らな感覚がつきまとう。

まともに抵抗できない状態で乳首を舐め回されることで、下肢への刺激は何倍にも増幅されるようだった。

どうにかしなければならない状況なのに、悦楽に流されて何もできない。

「……ぐ、……ふ……っ」

歩が自慰を覚えたのは、小学校高学年のころだ。最初のころこそ初めて知った刺激に夢中になったものの、思春期に入り、後孔まで嬲ってしまう自分の性癖は普通ではないと気づいてショックを受け、そこを刺激することに罪悪感を抱くようになった。

だからこそ、性器以外の自慰はずっと封印していたのだ。

だが、もはやそんな封印は破られた。

再びそこを刺激するようになってからは、もともとの研究熱心さもあいまって自分自身での開発が止められない。だけど、誰に迷惑をかける話でもないはずだ。

——いいんだ。どうせモテないし、一生、独り身だろうし。

だとしたら、自分で自分を楽しませるしかない。

「……ぐ、ぁ……っ」

のけぞるほどに乳首を集中的に責め立てたシリコンの刺激がいきなり途絶えた後で、体内に埋めこまれたフィンガーバイブが少しずつ蠢きはじめる。

自分でこれをプログラムした。両方を一気に動かすよりも、片方ずつにしたほうがより長く楽しめるうえに、それぞれの刺激に集中できる。だが、交互に身体を責め立てられる狂おしさに、過去の自分を少しだけ恨んだ。

フィンガーバイブは、最初は動いているのかわからないぐらいのかすかな振動から始まる。

昂った今の身体には、その刺激がもどかしくてたまらない。

だが、弱い振動でも前立腺に直接送りこまれることでペニス全体が熱くなり、ジンジンと痺れておかしくなっていくような感覚がある。貞操帯をはめられているから極限までの勃起はかなわず、逃しようのない快感が下肢に焦れったくたまっていく。

徐々に大きくなっていくフィンガーバイブからの振動に、歩はただ喘ぐしかなかった。強くなっていく振動にひたすら耐えていると、また下肢の振動が途絶えて乳首への刺激へと切り替わる。

交互に乳首と後孔を責め立てられ、イかされないままひたすら昂らされることで、全身がドロドロに溶け崩れる。発情した一匹の獣として、ただつながれていることしかできない。

射精できないから、この狂おしい悦楽に終わりはなかった。

だが身体は否応なしに昂り、感じるところの神経を剝きだしにされて、強烈な快感を流しこまれて甘苦しい苦痛にさらされる。ボールギャグ越しのうめき声しか漏らせず、身じろぎも最低限に抑えこまれた状態で、ぞくぞくと身体いっぱいを満たす悦楽は増すばかりだ。

「ぐ、……ふ、……ふ、ぐ……っ」

ボールギャグの間から漏れる吐息が、狂おしさを増した。

このままでは、いずれ限界がくる。

その前に、どうにかしてこの拘束から逃れなければならない。口の中が乾ききって、プラスチック製のボールギャグが口腔内の粘膜に貼りつき、汗まみれの身体に力が入らなくなってきている。だが、新しいバイブはパワフルな振動で前立腺を責め立て、まともに考えさせてくれない。

「……っふ、は」

ぶぅんという音が体内から漏れ聞こえそうなほど強い振動が身体の奥から突き抜けて、歩は拘束されたままがくがくと痙攣した。

ずっと交互に乳首と後孔を責め立てられていたのだが、ついに両方同時に責めるモードへと突入したらしい。そんなふうにプログラムした記憶がある。

身体の昂りによって硬く突き出した乳首を、ローションまみれのシリコンの舌がぐりぐりと容赦なく舐め回す。そのたびに、甘い悦楽の波がじわりと下肢を溶かした。

湿った甘ったるい吐息は全てボールギャグの孔を通じて外に吐き出され、どんなふうに身体をねじってみても、革製の拘束具は緩まない。足だけは自由だったが、どんなに爪先を伸ばしたところで、フローリングの床の中央に落ちている南京錠の鍵までは届かなかった。

「ぐ、ふ……っ」

一段と強い刺激が下腹部に襲いかかり、歩は前に体重を逃してガクガクと震えた。

前立腺に襲いかかる強い振動は、何か鋭いもので前立腺を弾かれるのに似ていた。振動が突き抜けるたびに、じっとしていられなくなる快感にのけぞり、目の前が真っ白に染まる。勃起を制御されたペニスは痺れて感覚が鈍くなっているというのに、下腹部全体が不意に熱く弾けて、じわっと何かが広がるような感覚があった。

「……ふ……っ」

目眩がするほどの悦楽とともに、ぶるっと腰が揺れる。

イったような感覚があった。

それでも、体内をかき回すフィンガーバイブの動きは止まらない。

イったばかりの敏感な部分をかき回されて、全身が大きく揺れた。うめき声しか出せなかったが、心の中で叫んでいた。

——ダメ、……待て、……そんな……っ。許して……ください。

中をかき回され続けることで、誰か屈強な男に押さえこまれ、無理やり足を抱え上げられて、犯されているような錯覚が生まれる。同性の硬い大きな性器をねじこまれ、いくら嫌だと叫んでも、聞き入れられずに犯されるという妄想は、いつでも歩の身体を熱くした。

歩はそこに玩具以外のものを入れたことはない。男の自分が犯されることなど、現実にあるはずがない。その手の場所に行けば、もしかしたら相手が見つかるかもしれないが、見ず知らずの他人に犯されるなんて考えられない。だから、これは妄想の中だけの楽しみだ。

——あ。……イっちゃ、う……、また、イク……っ。

前立腺を現実にえぐるバイブの衝撃が、歩の妄想を鮮明なものに変える。体内を見えない男性器でえぐられている妄想に囚われて、歩は自分からも突き上げるように腰を動かした。

「う、……ぐ、は……っ」

目の前で閃光が弾け、大きく身体が跳ね上がる。ドライオーガズムに、立て続けに何度も達したようだ。

動けないまま、さらに二度、三度と見えないペニスに容赦なく突き上げられた。

まだ歩には何がドライで何がドライではないのか、しっかりと区別はできない。だが、フル勃起できない今の状態で射精できたはずがない。それでも、射精感がじわじわと下肢を満たす。さらに体内をえぐられるままに何度もイかされて、これ以上は死ぬ、という状態を味わわされる。その後で、ようやく体内の振動が途切れた。

だが、達した直後の敏感になりすぎた乳首を、ひたすら舐められる刺激が続く。

いずれフィンガーバイブに切り替わるものと覚悟しながらその刺激を受け止めていた歩だったが、今度はびっくりするほど長い時間、ひたすら乳首ばかりをねとねとと舐められる。

同じ刺激がひたすら続くことで、乳首だけでまたイってしまいそうなほど全身がぞくぞくとしてきた。

ボールギャグ越しに乱れきった呼吸を貪（むさぼ）る歩の耳に、目に見えない屈強な男が屈辱的な言葉を投げかけてくる。

『おい。膝がガクガク震えてきたぜ。おまえ、男のくせにおっぱいだけでイっちゃうのか？』

——俺、……おっぱいで、……イっちゃう。

自分の恥ずかしい状態を言葉で認識することで、羞恥心が蘇（よみがえ）る。

普通の状態だったらすでに乳首がすり切れるほど刺激されていたが、カップの間に満たしたローションのおかげで、乳首にダメージはなく、ひたすら感度ばかりが上がっていく。

回転するシリコンの舌でその敏感な突起をぐりっと押しつぶされるたびに、身体がのけぞりそうなほど感じてきた。

動かないフィンガーバイブを何度も締めつけることで、快感がますます増幅される。

——もう、……やだ……おっぱいばっか、ダメ、……やめ……てくれ……。

心の中で訴えても願いは聞き届けられるはずもなく、容赦のない刺激がひたすら続く。途中で回転が逆向きに変わって、ぐりっと走った思いがけない刺激にびくっと身体が跳ね上がった。

腕を拘束されているからまともに動かせず、終わりのない振動に感度が上がりっぱなしになる。ついにそこだけの刺激で達する。イってる最中もシリコンの舌は容赦なく乳首を刺激してきたので、なかなか射精感が収まらず、どろどろとした悦楽が下肢を満たしていく。

それでも、この非情な責めは終わらない。

——……っ、この……まま……じゃ、……ダメだ。

汗まみれになって息を切らしながら、さすがにそう思えるようになってきた。このペースでイかされ続けたら、身体も心も長くは持たない。

焦りはあるのに、不意に後孔で蠢きはじめたフィンガーバイブの振動が、歩の考えをまとめさせてくれない。すでに頭には白く靄がかかっていた。しばらく中断されていたために、刺激を欲して疼いていた襞がバイブの振動を歓迎するようにからみつく。ぞくぞくと、甘ったるい快感が背筋に抜けた。

「ぐ……っふ、ふ……」

ひたすら身体を狂わせるばかりの悪魔の機械を、後孔から抜き取らなければダメだ。だが、足先の届かないところに落ちた鍵は引き寄せられない。他のものを工夫して使おうにも、整理整頓のできた床には余計なものは置かれてはいなかった。

――どうすれば……っ、どうすれば……いい……？

まずは、助けを呼ぶことを考えた。

だが、このマンションの住人とは、ほとんど顔を合わせたことがない。大声を出して呼ぼうにも、ここはわりと防音がしっかりしていた。だからこそ選んだのだが、ボールギャグを嚙まされた状態でどれだけ騒げば人が来てくれるのかわからない。

――このままでは、……餓死……？

そんな恐怖すら覚えたが、まだ死はリアルではなかった。死ぬまでこの道具に責め立てられるのかと考えると、被虐的な悦楽まで覚える。このまま道具でイかされ続けて、ロフトに固定されたまま動けずに、衰弱していくのだろうか。

「ぐ、ふ……っ」

火照りきった身体を、容赦なくバイブが責め立てる。刺激され続けた前立腺が、ひりひりとした痛みすらもたらしてくるのに、同時に腰に広がっていくのは射精につながる悦楽だ。

「ん、……ん、ん……」

逃れようにも逃れられない、狂おしい陵辱の時間が果てしなく続いていく。

どれくらいかわからない時間が経ったころ、歩は力なく目を開いた。

数えきれないほどドライでイかされて、全身が鉛（なまり）のように重くてだるい。喉もひりついて、ボールギャグに口腔粘膜が貼りついている。

始めたのは午後七時ごろだったはずだが、今は何時だろうか。時間の経過すら、まともにわからない。だけど、乳首と後孔の道具は、まだまだパワフルに動き続けているから、実際には大して時間は経過していないのだろうか。

涙や涎をどれだけ垂れ流したかわからない。腕も肩も完全に痺れきっていたが、乳首と体内の感覚だけは鋭くなっていた。そこにピンポイントで与えられる終わりのない電撃に、もだえ続けるしかない。

——壊れ……る……。

かろうじて意識はつなぎ止めていたが、それは眠ってしまったら二度と目覚めないような恐怖が存在しているからだ。

この拘束からどうにか逃れなければ死ぬかもしれないのに、無力感と脱力感がひどくて動けない。

目眩がひどくて、目の前がたまにブラックアウトするほどだ。

——助け……て……。

さすがにこれは楽しんでいられる状況ではない。だが、助けはなく、ひたすら全身に襲いかかる甘い責め苦に悶えるしかない。

そのとき、部屋のドアがノックされたような気がした。

——え？

不意に現実に引き戻されて、歩は部屋の鉄のドアを凝視する。

ワンルームは縦に長い作りで、玄関からまっすぐ伸びた廊下はキッチンを兼ねており、横にはユニットバスがある。その奥が、フローリングの部屋になっていた。歩のいる位置から、玄関のドアまでの間を遮(さえぎ)るものはない。

今、聞こえたノック音のようなものは、現実なのだろうか。鼓動が、大きくなる。

間を空けて、もう一度明らかにノックの音がした。

だが、歩は全裸の上に拘束されて、声も出せない状態だ。千載一遇(せんざいいちぐう)のチャンスかもしれないのに、この姿を誰かに見られると思うと、硬直して動けない。

誰かが訪ねてくる心あたりなど、まるでなかった。

数少ない友人とは、予備校以外で顔を合わせることはない。故郷の親も予告なしで訪ねてはこないから、郵便か宅配便だろうか。

——何か、通販した……？

心あたりはなかったが、海外通販にも手を出している。そのどれかが、予想外に早く届いた可能性はあった。

だが、鍵は閉めてある。管理人でも、当人の許可なしでは部屋に入れないはずだ。

見知らぬ郵便配達人か、宅配便の業者であってもこの状態で助けを求めるべきなのか、すぐに決断を下さなければならない。必死で暴れてうめいたら、外に何らかの気配が伝わることもあるだろう。それでもこの状態を誰かに見られる恥ずかしさに動けずにいたとき、ドアの施錠が不意に外れる音がした。

——え？

返事がないことで、無人だと思ったのだろうか。

歩はドアを凝視する。ドアノブが回り、ドアがゆっくりと開いていく。合鍵をどうやって手に入れたのか。相手は、泥棒か何かだろうか。恐怖に全身がすくみあがる。

ドアから姿を見せたのは、三十代ぐらいのパリッとしたスーツ姿の男だった。

肩幅が広くて背が高く、目つきが鋭い。彫りの深い野性的な顔だちは、ハンサムの部類に入るだろう。

彼は室内にいた歩と目が合って驚いたようだったが、瞬（まばた）きした後でまっすぐ見つめてきた。

——泥棒じゃ……ない？

泥棒がスーツを着て侵入しない保証はなかったが、彼の仕草はあまりに堂々としている。

彼は全裸に拘束具姿でロフトベッドに固定されている歩を眺(なが)めて、薄く笑った。

「取りこみ中か。邪魔したな」

低い声でそれだけ言って、玄関からすっと身体を引き、ドアを閉めようとする。

見知らぬ誰かに自分のこの姿を見られたショックも大きかったが、このままでは命の危機だということに歩はハッと気づいた。

「ぐ、ふ……っ」

まともに声にならなかったが、懸命にうめいて訴えたことで、男は何かを察したらしい。

振り返った男に、歩は必死になって目で床に落ちている鍵を指し示した。この鍵を少なくとも足の届くところに移動させてもらいたい。そうしなければ、このセルフ緊縛から逃れられない。

その必死のアピールが伝わったのか、男は承知したというようにうなずいた。

苦み走ったいい男だ。顔だち自体が整っているのに加えて、笑った顔に愛嬌(あいきょう)がある。

彼はドアの外にいる誰かに何かを話しかけてから、自分だけ入ってドアを閉じた。

——え？　一人じゃ……なかったの？

歩の身体が、驚きに震える。

スーツの男は、いったい何者だろうか。疑問でいっぱいの顔をしていたのか、男は靴を脱いで玄関から上がりこみ、歩の身体の正面に立つなり、持っていた書類を目の前に掲げた。

「東京税関だ。おまえは桜岡歩か？」

――東京税関？

突きつけられた書類を確認するだけの余裕はなく、歩は条件反射的にうなずいた。

税関が来たということは、自分が個人輸入した何かが引っかかったのだろうか。

海外通販は頻繁に利用している。日本では売っていないアダルト系のグッズを買うためだが、小分けにすることで関税は回避できているはずだ。

――なのに、何かが引っかかった？

男は見せた書類を折り畳んでポケットにしまうと、まずは歩の頭の後ろに手を回して、くわえこんだボールギャグを外してくれた。

「は、……、は、は……」

だが、途端に息が乱れたのは、体内に深く呑みこんだフィンガーバイブが、鈍く振動を始めたからだ。

「……っ」

他人がいる状態でこんなふうに刺激されると、狼狽のあまりますます感じてしまう。ドロドロに溶けた襞をかき回される快感が顔に出ないように、歩は必死になって平静を装うしかない。

それでもびくびくと震えずにはいられない歩に、男は鋭い声で質問を浴びせかけてきた。

「君は多くの海外通販をしてるな。全て個人輸入とされているが、それらが商業輸入ではないか、輸入してはいけないものが混じっていないか、確認させてもらえないか」

口調は丁寧だったが、逆らえない迫力があった。

「い……です……けど、それより、……鍵……っ、これ、……外させて……ください……」

通販しているものはアダルトグッズばかりだから褒められたものではないが、歩に後ろ暗いことは何一つない。

あまりにも通販が頻繁だったせいで、妙な嫌疑をかけられたのかもしれない。弁護士を目指している歩は、法的にも問題になることがないように、事前にしっかり関税についても調べている。気になるのならば、全部調べてくれればいいのだ。

だが、男は歩の姿を見て、笑みを濃くした。

「外すのは、俺の用事が済んでからだ。正直に質問に応じてくれたら、この鍵を外してやろう」

「できな……かったら？」

声はかすれきっている。

「せっかくのお楽しみの邪魔をしてしまったことを心から詫(わ)びて、そのままこの場を去ることにする。翌日ぐらいに、覗(のぞ)きにきてやってもいいぞ。おまえがくたばっていないか、確認だけしてやる」

そのサドッ気たっぷりのセリフに、歩は息を呑んだ。

――何だこいつ……っ！

助けを求める一般市民がいたら、それを助けるのが公務員の仕事ではないのだろうか。だが、この男に逆らったら、助けてはくれないらしい。こんな状態になったのは歩の自業自得と言えたが、その状況を自分の取り調べに利用しようとする男はただ者ではない。

「……っ」

だが、男にじっくりと視線を這わされたことで歩はすくみあがった。

恥ずかしさのあまり、全身の熱がじわりと上がる。今の自分の姿が、普通ではないことはわかっている。男のくせにこんな恥ずかしいものを性感帯につけて、しかも乳首まで淫らな器具で嬲っているのだ。

そんな歩のことを、男が心の中でひどく侮蔑しているのではないかと想像してみただけで、ぞくぞくした。

油断すると感じきった顔をさらしてしまいそうだから、歩は必死になって表情を取り繕うしかない。そのことで、余計に感度が上がってどうしようもない状態に陥りそうになる。

そんな歩を一通り眺めてから、男はおもむろに鞄からファイルを取り出した。

「ここに、おまえがここ一年の間、通販したものの一覧がある。小口だが、総合するとかなりの数だな。アメリカを中心とした、アダルトショップからの国際宅配便だ。個人輸入というのなら、通販された品がまだ自宅にあるはずだが、それらをあらためさせてもらいたい。かまわないか」

「かま……いま……せんよ……っ」

歩はやけくそになって答える。

さっさと嫌疑を晴らして、この状況から救い出してもらうしかなかった。

——ああ、だけど……。

想像だけはしていたものの、自分の恥ずかしい姿を他人に見られるなんてことが現実になるとは思わなかった。もうこれ以上は反応できないというほど疲弊（ひへい）しているというのに、男の視線を感じるだけで、身体の奥から痺れてくる。

他人の存在が、これほどまでのスパイスになるとは知らなかった。

「ええと、……まずは、去年の七月二十五日。ストロベリーマッシュルームなる、アメリカの通販サイトから購入したバイブ二本と、……ローションとサック」

「そこの、……押し入れ、……開けてください。下の段にある……衣装ケースの、……中に、全部」

歩のアダルトグッズコレクションは、きちんと整理して収納してあった。

最初のうち、夢中になって集めたのはオナホールだった。女体を思わせる柔らかな刺激に夢中になり、道具さえあれば恋人などいらないと本気で思った。

そして、密かにコンプレックスだった左の陥没（かんぼつ）乳首を治そうとして、乳首吸引具にも手を出した。それを頻繁に使うようになったことで、乳首の快感にも目覚めていった。

さらには禁忌を破って後孔まで開発するようになり、そこへの悦楽にも目覚めつつある今日このごろだ。

「いつ、どれを……どこで通販……したかについて……は、……机の中に……っ、クレジット……の……明細と、インボイスが……」

インボイスというのは、通販したときに同封される金額などが書かれた領収書だ。

カード情報が悪用されたらすぐわかるように、何をどう通販したかについて、きちんと整理してある。

「これか」

男は言われた通りに机の引き出しを開いて、歩がファイルしてあったカード明細とインボイスを取り出した。それと自分の持った書類を突き合わせ、さらには現物を確認していく。

アダルトグッズは使用後は綺麗に洗浄し、消毒してあったが、それらを見られただけでひどく恥ずかしかった。

――何……してん……だよ、早く……。

焦る気持ちはあるのに、男の調査はなかなか終了しない。わざわざドライバーで歩のアダルトグッズを解体し、分解してまで中を調べている。そこまでする必要があるのだろうか。

――壊すな……よ……っ。

心の中で叫んだ。

待っている間にも、蠢き続けるバイブや乳首の道具は、歩の身体をますます淫らな快感へと押し上げていく。男の存在が恥ずかしさと禁忌感を煽るせいかもしれない。

――あ、……また、……イっちゃ……う……っ。

ぶるっと震えが広がり、歩は全身に力をこめた。さすがに見知らぬ男がいるところでイくことだけは避けたかった。

体内で指が動くようにくねくねと動きはじめたフィンガーバイブの動きを止めたくて、渾身の力で締めつける。だが、それは余計に悦楽を増すことにしかならない。乳首を淫らに舐める舌の動きが、この男にされているような体感をもたらし、歩は絶頂の瀬戸際まで追い詰められていく。

『こんなエロいものを山ほど通販して、本当はこうされたかったんだろ？』

サドっぽい男に乳首に吸いつかれ、実際に舐められているような体感が広がっていく。

実際の男の存在感が薄れ、歩は幻の男に乳首を吸われる甘ったるい悦楽に囚われていた。

男の指が、歩の後孔を残酷なほどぐちゃぐちゃとかき回す。その幻の動きを読み取って襞が蠢き、興奮のために頭が灼ききれたようになる。

「……ひ、あ、……あ……っ！」

歩はびくびくと震えながら、またドライの絶頂に達していた。

「……は、……は、は、は……」

大きな波が去って、歩は全身からぐったりと力を抜く。

室内にいる現実の男の存在をしばらく忘れていたものの、絶頂感が去り、少しだけ頭が冷静になるにつれて、決まり悪さがもたらされる。男に気づかれなかったらいいな、と思うのだが、目の前に何かが立っているような気がしてならない。

そろそろと視線を上げてみると、やはり目の前に男が立っていた。

頭の中で思い描いていたよりも冷ややかで、侮蔑した顔で歩を見ている。その視線を受け止めただけで、歩はぞくりとして息を呑んだ。

「……っ」

「気分を出しているときに悪いな。最後に一つだけ、確認させてもらいたいんだが」

男の手が、歩の前髪をつかんだ。大きな手で顔を強く固定されて、歩は視線をそらすこともできなくなる。

「昨日、届いたこのフィンガーバイブだが、これはどこにあるんだ？　お道具箱には見当たらないようだが」

その質問に、歩は震えた。それは今、歩の体内にある。パワフルな振動はいまだ衰（おとろ）えずに、歩の前立腺を淫らに揺さぶりたてている真っ最中だ。

「……その……っ」

歩の視線が泳いだ。

「どこだ？　とっとと言え」

男は高圧的になる。歩の態度がどこかあやしいと思ったのかもしれない。

使用が済んで消毒も終わったものならまだしも、使用中のものを確認されると考えただけでも、羞恥に全身が熱くなる。どうにかこの危機を、回避できる方法はないものだろうか。

歩はカラカラに乾いた唇を湿した。

「今度、……持っていきます……から……っ」

「手間をかけさせるな。今、ここにないのか？」

男の視線が鋭くなった。

「あります……けど……」

出せないところにある。

言葉に出せずにいた状態を、男は不意に察したらしい。色気のある肉厚の唇に薄く笑みを掃いて、歩をねめつけた。

「なるほど。中に入れて、ご使用している最中か。とんだエロガキだな」

エロガキ、と侮蔑的に吐きすてられたことで、恥ずかしさといたたまれなさのあまり、歩はまたイきそうになった。男の存在は刺激的すぎる。

男は床に落ちていた南京錠の鍵を拾って、歩の貞操帯に触れてきた。

鍵をあてがって解錠しようとしているのだろうか。だが、すぐに合わないことに気づいたらしい。

「ここの鍵は？」

問われて、歩は不自由な腕でロフトのはしごの途中に設置した鍵入れを指し示した。

「そこ」

「こっちか」

鍵入れの中にあった小さな鍵と交換に、男は手錠の鍵を鍵入れに収納した。

貞操帯の南京錠を外され、ぐっと乱暴に引っ張られてそれを外されそうになる。そのたびに、張り詰めた性器がその内側のカップに触れて、息を呑むような刺激が走った。

「……っぁ、ダメ、それ、外し……ちゃ……」

これを外されたら、自分はいったいどうなるのだろう。

それを想像してみただけで、顔から血の気が引いていく。ドライでイっていたから、せき止められていた精液が途端にあふれるのではないだろうか。そんなところを見られるのは、死ぬほど恥ずかしい。

だが、強引に貞操帯の内側のカップからペニスが解放され、その擦れる感触にうめいた瞬間、乳首のローターが強いものへと変化した。凝（しこ）りきった乳首を舌先で弾かれるような快感が下肢へと一気に流れこみ、声が抑えられなくなる。

「……っぁ、……ぁ、あ……っ」

「おっぱい、そんなに気持ちいいのか」

冷ややかな男の低い声に、歩はぞくりと震える。男は歩の前で屈みこみ、足を強引に開かせて後孔から伸びたコードをたぐり寄せた。すでに貞操帯はないから、ペニスも後孔も丸見えだ。コードを引っ張られて、体内深くに呑みこんだフィンガーバイブが襞にからみつきながらゆっくりと移動していく。

それが最後にぬるんと抜け落ちた独特の感触にぞくっと身体が収縮し、気がついたときには、ペニスからたまりにたまったものを吐き出していた。

「っひぁ、……ぁ、あ、あ……っ、あ、あ……」

マズイ、というのはわかったが、強すぎる衝動をどうしても制御することはできない。失禁でもするように、吐き出す動きが止まらない。

かつてないほどの絶頂感に、頭が完全に吹き飛んでいた。

全力疾走をした後のような疲弊感の後で、歩はハッと我に返る。ぜいぜいと音がするほど息が切れていたが、頬に触れようとする男の手の動きに気づいて視線を上げる。すると、頬にべったりと白濁が塗りつけられた。

「俺にまで、飛びそうになったぜ」

それは歩の吐き出したものだろう。とっさに男は、てのひらで受け止めたようだ。

とんだ粗相をした申し訳なさを覚えたが、男のまなざしは少し熱を帯びていた。

「すげえところ見せるな、おまえ」

男の目に浮かんでいるのが、嫌悪感だけではないように感じられるのはどうしてなのだろう。からかうようにじっとのぞきこまれ、歩は決まり悪くて視線をそらす。

涙にかすむ目をしばたいて視界をハッキリさせようとしていると、男は抜き取ったフィンガーバイブをティッシュで拭ってから床で分解しはじめた。

歩は貞操帯を外されたものの、手首の枷でまだロフトの柱に拘束された姿だ。男の動きをただ見守ることしかできない。

たっぷりと中に注ぎこまれたローションが足の狭間を伝い落ち、残された乳首ローターが、火照った身体に絶え間のない刺激を送りこんでくる。

「……ッ」

刺激を断ち切られた下肢が、ひどく疼いた。少し前までは、そこからフィンガーバイブを抜き取ってもらいたくてたまらなかったはずなのに、今は何もない襞に刺激が欲しくてたまらなくなっている。

こんな姿を他人にさらしているというだけでも恥ずかしくて死にそうなのに、物欲しげに足を擦り合わせずにはいられない。

男は分解したバイブを元のように組み立て直すと、それを手に立ち上がった。

「これで、調べは終わりだ。嫌疑は晴れた。お楽しみのところを、邪魔して悪かったな。またこれは、元の位置に戻しておくか？」

男のまなざしに再びさらされたことで、身体が熱く疼いた。できることなら、男の手でフィンガーバイブを元の場所に埋め戻して欲しい。そんなことをされたら、頭が吹き飛びそうな刺激があるはずだ。

だが、これ以上の醜態（しゅうたい）はさらしたくなかった。歩にもプライドがある。

精一杯、声を取り繕った。

「余計なことは……しなくていい。……嫌疑が晴れた……のなら、出て行け。……っ、個人……通販でしかないと……、わかったはずだろ」

男は取りなすように甘く笑った。

「そのようだな。おまえは、個人で全てお楽しみのようだ」

その言葉を聞いたときに、歩の胸にふと疑惑が広がる。

こんなふうに踏みこまれて恥ずかしいところを見られたことに、違和感があった。

──東京税関が、ここまでするか？

しかも、留守だったときに備えて、合鍵まで準備していたのだ。さすがにそこまでの行為を、税関がするとは思えない。法律を学んでいる歩には、何かがシックリこない。

歩の目が、すうっと細められた。

「おまえは本当に税関職員なのか？　名前と所属が書かれた名刺ぐらい、置いてけ……。それに、家宅捜索令状も、もう一度見せろ……っ」

「見せてなかったか？」

男はしらばっくれようとしたが、歩は強い口調で言い返した。

「あらためてちゃんと見せろ」

歩の言葉に、男はこれみよがしなため息を漏らした。背が高くて顔だちが良いから、そんな姿でさえ様になる。

だが、まずはこの手枷を外して欲しい。貞操帯を外されて下肢が丸見えの姿のまま放置されるのはどうしても落ち着かなかったが、男はそれに配慮してくれるようには見えない。

「ほら」

だが、目の前に突きつけられた家宅捜索令状に、歩は集中することにした。法律を学んでいても、実際に現物を目にするのは初めてだ。それもあって、まじまじと眺める。

「……これ、税関じゃなくて、警察になってるけど？」

すぐに、そのことに気がついた。

ばれたか、というように男は悪びれずに笑う。その笑みが魅力的で、歩はまたしても見とれそうになる。

「俺、東京税関じゃなくて、警察だからな。そこの、新宿西署（しんじゅくにししょ）の刑事だ」

そんな言葉とともに礼状が引かれ、代わりに目の前に突きつけられたのは、男のものらしき名刺だった。新宿西署の前田基紀とある。

「……東京税関じゃなくって、組織対策部の刑事？　税関の名を騙ったのかよ？」

「ちょっと関連して調べたいことがあったから、税関にも協力してもらっただけだ。税関の職員もドアの向こうにいるが、おまえが彼らの存在を確認したいっていうのなら、呼んでやってもいいぞ」

先ほど、少し話していたのは彼らかもしれない。この刑事――前田にはとんでもない姿を見られたことで、何を見られても今さらだという諦めの気持ちが生じていたが、それ以上の誰かにまで見られたくなくて、慌てて歩は否定した。

「いや、いい！　いらない」

「そうか。残念だな。せっかくの艶姿なんだから、たっぷり見てもらえばいいのに」

からかわれているのがわかって、歩はムッとした。

「うるさい！」

前田はモテそうだから、セルフ緊縛に熱中する自分の気持ちなどわからないに違いない。

前田が自分の拘束を解いてくれる気持ちがまるでないことを察して、歩は手の届く位置にある鍵入れに入れられた手枷の鍵をごそごそと探りはじめた。自分でこれを外さなければ、ずっとこのままらしい。

　そんな歩を眺めながら、前田が楽しげに瞳を細めた。

「まぁ、一人でするのもたいがいにしとけよ。あまりエスカレートすると、いつかは病院で恥をかくことになるからな」

「あんたには、十分恥をかかされたけどね！　もういいから、とっとと出てってくれる！」

「助けはいらないのか？」

「いらないよ！　自分でどうにかするよ！　じゃあね、さよなら」

　歩の言葉に、前田は楽しそうに声まで上げて笑った。

　そのときの表情に、歩は不覚にも一瞬見とれた。笑った目のあたりが優しそうで、この男の性根はドSに違いないのに、本当はいい人なのかもしれないなんて錯覚しそうになる。

だが、歩はすぐに心を引きしめた。こんな男は敵だ。ハンサムで格好良くて、笑顔に愛嬌がある男。

　こんな男がいるから、世の女性たちは歩に目を止めてくれることなく、こんなふうにセルフで励まなければならないのだ。

　セルフで済むどころか、後孔を開発するにつれ、そこをえぐってくる架空の男の想像までしてしまっているから、自分の性的指向まで変わっていくようで不安になる。

　――そりゃ、昔からあまり女性に興味はなかったけど。

　そんな歩に、男は低く囁きかけた。

「おまえ、浪人生だってな。弁護士を目指して、司法試験の猛勉強中」

前田が自分のことを調べていることで、歩はさらに警戒を強めた。この部屋に踏みこんでくる前に、自分のことを聞きこんだのだろうか。

前田は歩の頭をそっと撫でると、耳元に唇を寄せた。

「ま、勉強が一段落したらでいいから、本物の恋人を見つけろ」

道具よりも、生身の恋人のほうがずっと上だと思いこんでいるようだ。歩だって、生身の恋人ができるならそうしている。だが、それを阻止するハンサムにそう言われることでむかっとした。

「うるさいよ。本物の恋人なんかより、ずっと道具のほうがいい。道具は俺を裏切らないからね」

その主張に前田はひとしきり笑って、部屋から出て行った。用事は済んだらしい。

一人で残された歩は自力で、時間をかけて手枷を外した。どうにか、拘束が解けて乳首につけっぱなしだったカップ式の玩具も外したときには、クタクタになって床にへたりこんだ。

「は……」

ロフトベッドに這い上がる気力もなく、歩はフローリングの床に全裸で転がって、しばらく休憩する。

とんでもないアクシデントだった。

餓え死にする前に人がやってきてくれたのは助かったが、恥ずかしい姿を他人に見られたことで、心が安まらない。

限界を超えるほどの長い時間、嬲られていた中の粘膜が、なおもじゅくじゅくと疼いていた。そこから無理やりフィンガーバイブを引き出されたときのぞくぞくする快感が不意に思い出され、気がつけばペニスに手を伸ばしていた。

「……ん、……ぁ……っ」

ようやく自由になれたのに、またこんなふうに自慰をしてしまう自分は、どこかおかしいのではないだろうか。

だが、セルフ緊縛していた最中、ペニスは貞操帯の中に押しこまれて、勃起すらままならずにいたのだ。ずっと疼いていたその部分を思う存分まさぐれる快感に喘ぎながら、瞼の裏にぼうっと思い浮かべるのは前田の姿だった。

――ゾクゾクした。……あいつに見られただけで。

思い出しただけで、身体が昂っていく。冷ややかなまなざしと、侮蔑的な物言い。そして、からかうような言動。

もう二度と会わない相手だからこそ、妄想は自由に広がっていく。

前田に淫らな言葉を投げかけられることを想像してみただけで、いつになく興奮した。自慰による絶頂はすぐに訪れる。

「うぁ、……ぁ、あ、あ……っ」

射精の終わりとともに空しさがやってくるのは、いつもと同じだ。歩は手早く後始末を済ませて、深いため息を漏らす。

——俺、何してんだろ。

シャワーを浴びたい。明日の予備校のための予習と復習もしなければならない。だが、数えきれないほど絶頂に達した身体はクタクタで、指先すらもはや動かしたくなかった。

——前田、……刑事か。

刑事と話したのは、初めてだ。格好良かった。ドラマの中の刑事のようだった。

耳元に唇を近づけられたときの気配や、頭をそっと撫でられたときのことを思い出しただけで、不思議なほど鼓動が乱れる。二度と会わないはずの相手なのに、また会いたくてたまらなくなる。

だが、あの男に恥ずかしいところを見られたのだと思うと、二度と会いたくない気持ちもあった。あんな男のことなど、とっとと忘れてしまいたい。

だが、そう思うかたわらで、記憶の断片を大切に拾い集めて、忘れまいと繰り返し思い出している自分がいるのだった。

〔二〕

一生、自分には恋人なんてできないだろうし、できるかもという期待を持つことすら無駄だと歩は思っていた。

自分の容姿は特に目立つところはなかったが、とんでもなく醜いわけでもなく、十人並みだと思う。だからこそ、年ごろになれば自然と恋人ができるだろうという期待もあったのだが、受け身でいたところで誰かに好きだと告白されることもなく、誰かを恋い焦がれるほど好きになることもなく、恋とは無縁の日々を送ってきた。

そして歩は、自分の身体を開発したことで自覚してしまったのだ。突っこむよりも、突っこまれたいということに。同性に犯されたいと漠然と欲望を抱いていたものの、怖くて生身のその手の男には近づけない。だからこそ知識を深め、自分自身で身体を開発することで、一人きりでも肉体的な充足感を得ようとしていた。

だが、前田がセルフ緊縛の最中に乱入してきたあの日から、不思議なほど自慰の魅力が色褪せていた。

――あのときの快感が、……すごすぎたから。

あの日は、いろいろな要素が重なっていた。

鍵を手の届かない位置に落としてしまったことで、連続したドライ射精に追いこまれた。それでクタクタになったところを、他人に見られる恥ずかしさも重なった。

あのような強い刺激を受けてしまったのだから、普通の自慰が生半可(なまはんか)なものに感じられて、なかなかイけなくなってしまっても当然だ。

スッキリしない自慰を数日繰り返した末に、歩はこの状況の打開を求めて、予備校帰りに新宿の繁華街に立ち寄ることにした。新たなグッズを入手することで、今までにない刺激を得ようという魂胆(こんたん)だ。

アダルトグッズは日進月歩の進化を遂げている。新素材がいろいろ投入され、人肌に近い感触やぬくもりが感じられるようになったり、数々の改良を重ねたバージョンアップ版が発売されている。

あまりにもアダルトグッズが進化したせいで、非婚男性が増加しているという指摘まであるくらいだった。

——当然だよな。グッズがあったら、恋人などいらない。

新宿の大繁華街、特にキャバクラや風俗、飲食店が入った雑居ビルがひしめくあたりに、歩の通うアダルトグッズショップは集中していた。どの店にも通い詰めているから、店ごとのだいたいの品揃えも、歩の頭にはインプットされている。

通販も便利ではあったが、やはり感触や動きは実際に手で触れて動かしてみないとわからない。いくらレビューを読んで検討してみたところで、使ってみた感想は個人差があるからだ。

歩の場合、親が仕送りしてくれる金は生活費と授業料に消えて、ほとんど生活に余裕はなかった。

だからこそ、マニアックな知識を駆使しての古本のせどりでグッズ代を捻出していた。苦労して稼いだ金だから、できるだけ外れにあたりたくない。海外のものはともかく、国内のものについては情報を集め、感触を実店舗で確認し、これと決めたものだけを買うことにしていた。

そのためには、日々のアダルトショップのパトロールは欠かせない。

――今回は、何を買おうかな。

そんなふうに考えている時間が、一番わくわくする。

まだフィンガーバイブしか試したことはなかったが、そろそろ一回り大きなバイブに挑戦してみるべきだろうか。それとも大きさではなく、機能性を重視すべきか。先日買った海外通販のフィンガーバイブはとてもパワフルだったが、起動音が耳につくから、今度はパワフルさと静音を兼ね備えたITバイブの国内産を検討すべきか。

そんなことをつらつらと考えながら、駅に近い店から回っていく。一軒目の店では目新しいものはなかったので、歩は何も購入せずに二軒目へと向かった。

どうしても比べてしまうのは、前田と名乗った刑事の存在によってもたらされた生の刺激だ。彼の視線にさらされながら、フィンガーバイブを体内から抜き取られていったときの、ぞくぞくとした刺激と興奮が忘れられない。それを思い出したら、生半可な刺激では足りなくなる。

——抜けるときの、……あのゾクゾク感。

だとしたら、振動のパワフルさではなく、大きくピストンするタイプを求めるべきなのかもしれない。

次の店では、それをメインに探すことに決めた。

その店は、大通りから狭い路地に入った突き当たりの地下にある。フロア全部を使った地下の大型ショップで、品揃えも豊富だ。

背をまっすぐに伸ばし、気持ちを引きしめてそこに向かおうとした歩は、路地の途中でいきなり誰かに腕をつかまれた。

「……なっ」

ビックリして振り返ると、そこにいたのは先日の刑事だ。

「え？」

どうしてこんなところで会うのだろうか。恥ずかしいところを見られたことが一気に脳裏に蘇り、反射的に顔が真っ赤になる。もう二度と会わないはずだ。

「何で、あんたがここに」

疑り深く、歩は前田を眺める。前田はそんなふうにうさんくさそうに見られたことで楽しくなったらしく、歩と強引に腕を組んで上体を馴れ馴れしく近づけてきた。

「それは、こっちのセリフだ。もしかして、この先の店にお出かけか？」

腕を組まれただけで落ち着かなくなっていたが、そんなふうに人慣れない自分が恥ずかしくて、歩はそっぽを向いた。

「関係ないだろ」

腕を振り払おうとしたのだが、ガッシリ抱えこまれて動けない。

アダルトショップに通うことは罪ではないし、非合法なことをしているわけではないはずだ。刑事にあれこれ言われる筋合いはない。

だが、どうしても腕は振りほどけなかったので、歩は冷ややかに言った。

「離してくれます？」

「嫌だ。一緒に連れてけ」

「冗談じゃない」

「興味があるんだ」

「一人で行けばいいでしょうが！」

アダルトショップに入るのに、抵抗がある人は多い。歩も初めてのときには、ひどくそわそわした。周囲を警戒し、店員や客の目を気にして、商品がまともに目に入ってこなかったほどだ。

――だけど、こんな男が一人で入れないはずないだろ。

刑事で、しかも強引なタイプだ。他人の目など気にするとは思えない。

だが、歩の拒絶など無視して前田は肩に近い位置まで腕をからめて、ぐいぐいと店のほうに引っ張っていく。

「いろいろ教えてくれよ。おまえ、こういうとこ、詳しいだろ」

そんなふうに囁(ささや)かれると、歩の中の教えたがりの虫が疼く。

「プライベートですか？　彼女にでも、使うつもりとか」

「そう。今までずっと生身勝負だったから、お道具には詳しくないの」

適当に嘘をつかれているような上滑りな声の調子を感じ取ったのだが、それでもつかまれた腕が振り払えないから仕方がない。歩は諦めることにした。だったら初めてらしい前田に、道具のことを詳しくレクチャーしてやるつもりで、連れ立って店へと足を向ける。

腕を組まれたまま地下へのエレベーターに乗り、店舗の自動ドアの前に立った。

そこでダメ押しに囁かれた。

「俺に、……いいやつ、選んでくれよ。おまえの、お勧めのやつとか」

こんなにも耳元で囁かれたことはなかったから、それだけでぞくぞくと鳥肌が立ってならない。あえて無視して平静を装ってはいたが、これが女性を恋に落とす「耳元囁き」というものなのだろうか。

その威力は、男性である歩にも有効なのかもしれない。その甘い囁きを受けるたびに鼓動が乱れて、なかなか元に戻らない。

――前田に、……お勧めのやつか。

そんなふうに言われたからには、頑張って良い品を選ばなければならない気持ちになってくる。歩は意気込んで、尋(たず)ねてみた。

「どういうのがいいですか？」

自動ドアが開いて、二人は店内に入った。

アダルトショップといえば狭い店が多いものだが、ここは大型店だ。背丈を越える高さのショーケースが立ち並び、いろいろなアダルトグッズが陳列されている。

店員もこのような店の性質上、あまり声をかけてくることはなく、ブザーを鳴らさないと姿を現さないことさえあった。

「ここ、……海外の製品もいっぱいあるんですよ」

歩は他人と腕を組んだ経験すらほとんどなかった。だからこそ、強引に腕を組まれただけだというのに、触れあった部分から伝わる筋肉質の身体の感触だけでも落ち着かなくなる。

スーツ姿の前田と腕を組んだ自分の姿は、他人からどのように見えるのだろうか。そんなことまで余計に気を回してしまう。だが、珍しくレジのところにいた店員は、二人を見るとすぐに視線をそらした。いらっしゃいませ、も言ってこないのは、この店の常だ。

――これで万引きとか大丈夫なのか、気になる。けど、わりと幅広く商売をやってるみたいだよな。

店の壁沿いに、伝票が貼られた宅配便が山積みになっているときもある。

チラッと見たら個人あてのものだったから、通販でもやっているのだろう。アダルトグッズ通販サイトに歩は詳しいつもりだったが、この店の通販サイトは見かけたことはなかった。通販サイトは実店舗と店の名前を変えているケースもあるから、それかもしれない。

角を曲がるときに、自分と前田との姿が大きな姿見に映った。

それが何だかカップルのように見えて、歩は一人で赤面した。

——……ち、違うんだからな。

どんな顔をしていいのかわからなくて、歩は壁際にあるショーケースの中をのぞきこむ。そこにズラリと並んでいたのは、女性用のバイブだ。

女性とは身体の機能が違うから、歩はアナルバイブ以外試したことはなかったが、前田の前で通ぶってみたい気持ちが先に立った。

「その、……使うって人は、慣れてる人？　それとも、初心者？」

予備校帰りに直行したから、まだ七時ごろだ。アダルトショップに寄るには少しだけ早い時間なのか、店には他に客はいない。

「どうだろうな。——おまえはどういうのが好き？　お勧めの、ある？」

腕から肩にグイと腕を回されてショーケースを一緒にのぞきこまれ、歩の鼓動が大きく乱れた。

馴れ馴れしく抱き寄せられるのは、からかわれているだけだと思うのであまり反応したくなかったが、密着しているだけで鼓動の乱れが収まらない。

だが、前田に弱味は見せたくないから、懸命に平静を装うしかない。通ぶる態度も、修正できない。

「俺くらいだと、……もっと複雑に動くののほうが、……好きだけど」

目の前にズラリと並んだものの大きさを見ただけでも本心では『無理だ！』と思っている。こんな大きなものが入るなんて、女性の身体はミラクルだ。

そんな歩を見て、前田はからかうように目を細めた。

「だったら、どういうのが好きなんだよ？」

スーツで着やせして見えるが、こんなふうに前田と身体を寄せ合っていると、彼の筋肉が発達しているのが感じ取れる。

身じろぐたびに、男として羨望(せんぼう)せずにはいられない身体つきをしているのを実感させられながら、歩はショーケースの中のものを指さした。

「単に振動するだけなら、すぐに慣れるからさ。そんなに気持ち良くないし。それよりも、もっと根元からぐりんぐりん回転するもののほうが、一般的に女性は好きだと思うよ。ただ、初心者には形が可愛(かわい)くて、あまりグロテスクじゃないものがお勧め。抵抗感がないからね。そこから卒業して、性能を求めるようになった相手にはこのあたりかな」

歩が今まで読みこんできたアダルトグッズの記事は、女性用のバイブが中心だ。だからこそ、基礎知識として基本的なところは押さえてある。

「それに、性能以外にも片手での扱いやすさとか、壊れにくさも大事だよ。無駄にコードが長いタイプは断線しやすいから、……メーカーにもよるんだけどね、本体にスイッチがついてるタイプが長持ちする。あと、リモコンタイプもあまりうまく動かないから、やめておいたほうがいい。それに、使用後に綺麗に洗浄できるかも、選ぶには大切なポイント」

歩はセルフ緊縛が多いから、あえてリモコンタイプや、コードを長く伸ばして自分で操作しやすいタイプを選んでいる。

機能とコストパフォーマンスを考えたら、このあたりが彼女とのプレイにはお勧めなんじゃないかな、とショーケース越しにとある商品を前田に指し示そうとしたとき、不意に背後から声が聞こえた。

「よろしかったら、直接お試しになりますか」

驚いて、振り返る。

そこにいたのは、この店でよく見る店員だった。

歩たちのひそひそ声が聞こえていたらしい。

いつも歩のほうからお願いすれば、ショーケースを開けて直接本体に触らせてくれる。だけど、店員から声をかけられたのは初めてだった。

　——かかか、カップルだから?

　やはり、自分たちはそんなふうに見えていたのだろうか。

「試すか?」

　そんなふうに前田に聞かれて、答えられないでいる間にショーケースが開かれた。そうしてもらったからには、試させてもらうしかないだろう。

　歩は前田の彼女用に選んだバイブを、手元に引き寄せてみる。

「動かしてみてもいいですか?」

「どうぞ」

　店員の許可を得て、電源を入れてみた。

　思っていたよりもわりと動きはおとなしかったが、突起部分の二股に分かれた舌のようなところも振動するのがわかった。これなら女体も満足すると思うが、実際にはどうなのか、歩にはよくわからない。男の身体については自分自身で研究できるものの、女性とは手をつないだことすらほぼないからだ。

　そんな歩だったが、頼まれたからにはできるだけいいものを選んであげたい気持ちがあって、店員に次々と質問を繰り出した。

「このクリバイブについてなんですけど、……あるのとないのと、どっちが人気なんですか?」

「あったほうが、入れたときに中と同時に刺激できて、人気は人気ですね。ただ、なしのタイプですとここがストッパーになりませんから、際限なく奥まで入れられます。角度も自在につけられるので、そういう使いかたをするのでしたら、なしのタイプがお勧めです」

「あ、……そうか」

そういうものなのかと、歩は目が覚める思いだった。

ついでに、ずっと疑問だったことを聞いてみる。

「あと、ピストン機能についてなんですけど、ちゃんとまともに、ピストンできる製品って存在してるんですか？　確か、リニアっぽく電磁石を使ったのまであるって聞いたことがあるんですけど」

ショーケースに並んでいるのは、せいぜい一万円までの品だ。だが、もっとピストン機能に特化した高価なものを、カタログで見た記憶がある。気になってレビューなど読みこんではいたものの、手を出す前に実際に動きを試してみなければならない。アダルトグッズは、たまにどうしようもない性能のものがあるからだ。

「ああ。でしたらお客様、店の奥へどうぞ。そちらに、特別な品が準備してございます」

店員は歩と前田を、店の奥の部屋に誘った。

関係者以外立ち入り禁止、と表示された部屋だ。歩は一度もその部屋に招待されたことはない。だがこの店には奥の部屋があって、そこには高性能のアダルトグッズがずらりと並び、常連や特別なお得意様だけ案内される、とネットの書きこみで見たことがあった。

——もしかして、そこ……？

他の客が奥の部屋に案内されるのも、見たことがある。

ようやく自分もその部屋に案内されたんだと思うと嬉しかったが、前田と一緒のときにかぎって、というのが引っかかる。案内されるには、もしかして前田の存在が必要だったのではないだろうか。

歩の服装は、学生そのものだ。チェックの前開きのシャツに、ジーンズにスニーカー。だが、スーツ姿の社会人である前田と一緒にいることで、スポンサーありと認定されて、高性能で高価な品が並ぶ奥の部屋に招待されたのではないだろうか。

——そう……かもな。ここでは細々と買い物するけど、毎回の会計は一万円越えないことがほとんどだし……。

そう思うと悔しいが、奥の部屋へ案内されると思うとワクワクする。どんな品が並んでいるのだろうか。

奥の部屋は店舗のようにショーケースに商品が陳列されているのではなく、壁際に雑多に段ボールが積み上げられていた。

それでも中央にカウンターがあって、その上に慣れた様子で店員が品を出してくれる。

「先ほどの、……電磁石のピストン機能つきのものは、こちらです」

歩はカウンターにおずおずと近づき、差し出された品を手にとって動かしてみる。まさに、ピストンの動きだった。その力強さに圧倒されていると、店員が説明してくれる。

「こちらのダイヤルで切り替えになっておりまして、ピストンが七パターン。玉袋ローターが十二パターンというバリエーションも魅力です。音も静かで、この竿の内側から、ズンズンと突き上げるような衝撃が」

　竿部分を軽く握りこむと、かつて体感したことのない新しい衝撃が、歩のてのひらに伝わってくる。

　シリコンの外側部分の肉感もすごくて、歩はそれがピストンするたびに息を呑んでしまう。

――すごい……！　こんな振動を、中で感じたらどんだけ……。

　想像するだけで、じわりと身体が疼いた。

「しかも、お値打ちなのはここに、強力吸盤がつけられるんです。ですから、この吸盤で床や椅子に固定すれば、お一人のときでも便利です」

――お一人？

　その言葉が引っかかる。

　まさか、歩と前田は本物のカップルではなく、歩が一人プレイが好きな変態だと店員に見抜かれているのだろうか。この店には何度となく顔を出していたし、そのたびに買っていたのはセルフプレイ用のものだ。店員に顔を覚えられてはいないと思っていたのだが、どうだろうか。

「……ええと」

困惑（こんわく）して、歩はパッケージに視線を落とした。

素材の品質や内部パーツの材料や値段を見比べると、やや割高感はある。だが、この強力なピストンを実際に試してみたい。だが、試すには大きな問題があった。

「これと同じタイプで、もう少し、……細身のはないでしょうか」

「細身というと、どれくらいの？」

「ええと、……これくらい？」

歩は指三本を組み合わせたぐらいの大きさを示してみる。まだ指一本分ぐらいしか体内に入れたことはないから、それでも大冒険だ。前田の前だから、見栄を張ったのだ。

「お待ちください」

店員は心得たようにうなずいて、歩のリクエストの品を段ボールの中から探しはじめた。それを待っている間、所在なさげにいろいろ眺めていた前田が、からかうように壁面を指し示してくる。

「そこに、……おまえの好きそうな品があるぞ」

壁に設置されていたのは、Xの形に二枚の板を貼り合わせたつるし台だ。重さもある大きなもので、そこに胴体や両手両足を手枷などで拘束されると動けなくなる。

確かにそれは欲しい品だが、実用的とは思えない。置いただけで他人を部屋には通せなくなるし、引っ越しのときの移動や処分も大変だ。それに、十数万円もする。

歩はプイと、横を向いた。

「自宅に置けないだろ、あんなの」

「でも、欲しいか？」

「買ってくれるのかよ？」

ただなら、考えなくもない。

挑戦的に言い返したとき、店員が戻ってきた。カウンターの上に差し出されたものは先ほどのものより小振りだったが、それでも歩が体内に入れたことのあるフィンガーバイブよりもずっと大きい。

——大丈夫……かな。

入るだろうか。だが、諦めるには、あのパワフルなピストンは魅力的すぎた。さらにもっと小振りのものを頼んだほうがいいかどうか悩んでいると、前田が店員に尋ねた。

「あと、アレ、ありますかね。乳首吸引具。一度吸いはじめたら元に戻らないぐらい、パワフルな品がいいんですけど」

——え？

何を言い出すのかと、歩は慌てた。

目が合った途端、前田は楽しげに笑った。乳首吸引具は歩が特に収集している品だ。前田が海外通販の品を一通りチェックした中にも複数含まれていたし、一般的な品ではないから、歩用にリクエストしたとしか思えない。

前田にあらためて確認できなかったが、何だか酷く辱められた気がして、歩の耳がじわじわと熱くなる。

店員は前田のリクエストに合わせて、乳首を刺激するグッズをあれこれとカウンターに並べはじめた。

「乳首用のグッズはいろいろあるんですが、お客様もご存じの通り、乳首と振動というのは、実はあまり相性がよくないんです。ですから、吸い上げたり、舌で舐める感じに刺激するタイプのほうが、より深い快感を与えられます。吸引タイプで一番のお勧めは、現在こちらですが」

喋りながら店員は、一つのパッケージを前に押し出した。そのパッケージに見覚えがあったので、歩は思わず横から口を挟んだ。

「それは、『きゅんきゅんチクニー』の新製品ですか？」

「そうです。よくご存じですね。以前までの品は吸盤で吸いつく力が弱くて、別にテープで固定しなければならなかったのですが、改良された今回の品には、専用の吸引ポンプと、空気の逆流防止弁がつきまして、完全に吸いつきます」

「吸いつく」

「外れません。強力に、吸いつくんです」

そのセールストークに、歩はゴクリと息を吞んだ。

この海外製の新製品の記事は、ネットで目にしていた。医療品としても使われている、安全性の高い品だと書かれていた。いつ日本に上陸するかと楽しみにしていたのだが、今日、ここで手にすることができるとは思わなかった。

「上品なガラス製のパットにこの吸引ポンプを接続しまして、まずはシュコシュコと空気を抜いていきます。痛みを与えることもできるほどの、強烈な吸引力がありますから、鬱血(うっけつ)にご注意ください。平らな男性の胸にも装着しやすいタイプです」

――平らな男性の胸にも……！

まさに自分のための品だと思うと、歩はそのパッケージから目を離せない。

今すぐにでも買っていって試したかったが、これの一つ前のバージョンを持っている。それは吸引力が弱くて、あと少し物足りない品だった。今回の品も、安全性を重視するあまり、吸引力が足りなかったら無駄金だ。

「吸引力というのは、……どれくらい？」

尋ねてみると、店員はそのパッケージを歩のほうに押しやった。

「よろしければ、お試しされますか？　私は少し席を外しますので、お連れ様とごゆっくりお試しください」

「え？　え？」

どういうことなのかと、歩はすぐには呑みこめない。だが、店員は心得た態度でカウンターから出てくる。

「大丈夫です。こちらには、特別なお客様しかご案内してません。よろしければ、あちらのさらし台もご使用ください。あとこちらは試供品ですので、一緒にお試しください」

差し出されたのは、一回分のローションだった。

普通のローションとは成分が違うので使用後のカピカピ感がなく、人体への適合性が高いので、粘膜内に入っても安心、とパッケージに書いてある。

「なめらか安心。ポリクオ？」

その見覚えのないローションの成分に意識を奪われている間に、店員は奥の部屋から出て行ってしまう。その際に、前田に言っているのが聞こえた。

「鍵は内側からかけられますので、気になるようでしたらどうぞ。こちらの部屋のご使用は、三十分までお願いします」

「え、……ちょっ……」

乳首グッズの吸引力を試したかったものの、腕かどこかに吸いつかせてもらえれば十分だ。だが、もしかして、この奥の部屋というのはカップル用のお試しサービス用に使われているのだろうか。

――俺が……案内されなかったのは、そのせい？

いつでも一人で来店していた。

一人用のグッズもおすすめされたものの、前田とカップルだと、本気で思われているようだ。

お試しサービスは必要ないと、店員を呼び戻そうとした歩の前で、前田は躊躇（ちゅうちょ）なく施錠した。

その鍵の音に、歩はドキッとする。

この個室に前田と二人きりだという意識が高まる。

立ちすくんだ歩の前で、前田が振り返った。

その目には、何か普通ではない光が浮かんでいた。その意図がわからず、射すくめられた歩が動けないでいると、前田が馴れ馴れしく肩をつかんで壁際まで導いていく。

「おまえ、これ、試したいって言ってただろ？」

前田が動きを止めたのは、壁沿いに設置されたX字型さらし台の前だ。家には置けないとは答えたものの、自分で試したいなどと言ってはいないはずだ。

「え、あ……？」

だが、憧（あこが）れの品だった。

どんな造りになっているのだろうかと思いながら、歩はおずおずと視線を向ける。こんなところにくくりつけられたら、と想像してみただけで身体がぞくぞくする。

そんな期待があったからこそ、前田が右手をつかんでさらし台に固定しはじめても、さしたる抵抗はできなかった。だが、反対側の手首もつかまれて固定されそうになったときには、さすがに危機感を覚える。前田の手を振りほどいて、そこから逃れようとした。

「何……すんだよ……っ！」

「まぁまぁ。こんなの試せるの、滅多にないだろ？　お試しでくくりつけられてみろよ？」

「お試しなんていらないから。俺、そういう性癖じゃないし」

見え見えの嘘だったからか、前田がくっと喉で笑った。それから、歩の左手を強い力でつかみ、何もかもお見通しだというように囁く。

「嘘つけよ。一度、こういうところにくくりつけられてみたいんだろ」

そんな言葉とともに右手を手枷の位置に押しつけられたことで、歩は観念して目を閉じた。

確かにこれは一度試してみたい。くくりつけられたら、どれだけ心細く感じられるか知りたい。だけど、それは一人でのセルフ緊縛であって、前田というギャラリーがいたら落ち着かない。

それでも、抵抗の力は弱かったのかもしれない。もっと本気で振り払わなければならないと思ったときには、手首は枷でしっかりとくくりつけられていた。両手を固定されたことで抵抗力がそぎ取られ、胴体をX字の真ん中に革枷でしっかりとつながれた後で、膝の部分を固定されると、目の前に立つ前田を蹴り飛ばすこともできなくなる。

そこまでしてから、歩のチェックのシャツのボタンに前田が手をかけた。

「せっかくだから、いろいろ試させてもらおうな」

前田に触れられるだけで、ゾクゾクする。ノーマルな男は、同性の身体をいじろうなんて思わないはずだが、これはどういうことなのだろうか。前田は同性の身体に興味があるタイプなのか。

シャツの前ボタンを全部開かれてから、その下に着こんでいたアンダーシャツをめくりあげられた。X字型さらし台にくくりつけられただけに何だかゾクゾクしていた歩は、その布地が擦れるだけの感触にも息を呑んでしまう。

「あれ？」

だが、前田がシャツをめくりあげたまま動かなくなったので、どこを見られているのかわかった。

「おまえ、これ……」

そんな言葉とともに、左の乳首の上を指の腹でなぞられる。

歩の乳首は、心臓の上にあたる左側だけ陥没していた。

それでも、執拗（しつよう）に指先で刺激を与えていれば外に出てくるタイプだった。どうにか飛び出した状態がキープできるように、日々刺激を与えている。

——くせをつけると、一重瞼でも二重になるって言うし。

だからこそ、歩のアダルトグッズの中には、乳首吸引具が多かった。だが、前田はその理由までは考えていなかったらしく、指先でへこんだ部分を珍しそうになぞってくる。

「……っ」

歩は息を詰めた。

日常的に肌の中に潜りこんでいる乳首は、ひどく敏感だ。肌の内側にあっても、指で圧迫されただけでじわりとした快感を下肢に伝えてくる。

「……触ん…な……！」

押し殺した声できつく言ってみたが、前田はそんな乳首の形状が珍しくてたまらないらしく、肌の上からこね回す動きを止めない。

「……っぁ」

「これって、陥没乳首ってやつ？」

そんな言葉とともに、きゅっとその部分をつままれた。それくらいで乳首は外に出てくることはないが、他人の指による刺激はやけに生々しくて、歩は息を詰めてしまう。

「だから、触ん、……な……って、言ってるだろ……！」

一緒に店に入ることになったが、前田とはカップルであるはずがない。だが、陥没した乳首に触れられていると、ぞくぞくした感覚が振り切れなくなる。

このような場所で反応したくなかったから、歩は必死になって冷ややかな態度を取り続けようとする。

だが、前田は楽しそうにそこを指でこね回す動きを止めない。

「……っ、……ぁ……っ」

皮膚の下で刺激に応じて乳首がふくらんでいるらしく、二本の指の間でぎゅっと圧迫されるたびに、腰の奥が切なくなるような刺激がじわりと広がった。皮膚越しの刺激だけでも、びくんと跳ね上がってしまいそうな身体の反応を抑えたくて、歩の全身にはガチガチに力がこもった。

「なかなか出てこないな。陥没乳首を生で見たのは初めてだけど、ＡＶとかでは見たことがあるぜ。わりとすぐ尖ってきたもんだけど、おまえのは頑固だな。そうか、それで吸引具が必要なのか」

前田は納得したようにつぶやいてから、カウンターの上に置かれていた試供品を持って戻ってきた。

ポリクオという成分で作られたジェル状の潤滑剤を前田は指先に絞りだすと、へこんだ乳首の中に流しこむように指先で塗りつけてくる。

「……っ」

ぬめりを足されたことで、ぞわっと総毛立つような感覚がより鮮明に感じ取れるようになった。乳首の上を指が動くだけで、じっとしていられない。身体が浮き上がってぞわぞわするような感覚に耐えかねて、歩は縛られた手枷の先の手をぎゅっと握りこんだ。

思わず声が漏れそうになって、慌てて唇を噛む。

なおも陥没乳首の上で指で丸く円を描くように動かされ、中に隠れたままの乳首を探られると、ぞわぞわした。だんだんとその刺激が甘ったるさを増していくのは、乳首が少しずつ外に飛び出しているからだ。

前田の指と外に出たばかりの乳首の先が触れるたびに、切ないような刺激に全身がぶるっと震えてしまう。

「お？　少し出てきたな」

前田が気づいてつぶやいたが、歩にはこれから先が長いのがわかっていた。

「すごい清楚（せいそ）な桜色。……やたらと敏感そうな」

前田は魅入（みい）られたようにそこを見つめながら乳首の先をつかんで、強力に皮膚の内側から引っ張りだそうとした。だが、その試みはうまくいかず、うめきたくなるような痺れとともにつるんと指がすべるばかりだ。

そう簡単に引っ張りだせるようなものではない。

ほんの一部だけ頭を出すものの、その先はなかなか出てこない。よっぽど性感が高まらないと、歩の陥没した左の乳首は、右の乳首と同じ形状になってくれないのだ。

だけど、恥ずかしいからそのことを教えてやるつもりはなかった。

そのことを知らない前田が、強引に引っ張りだそうと何度も試してくる。きゅっと引っ張られるたびに、そこからじわっと広がる快感に歩の身体は震えた。

「……っぅ、あ……っ！」

何度もされたことでそんなことをしても無駄なのだと訴えたくなったが、刺激を受けている最中は言葉にならない。新製品の潤滑剤はすべりがよく、異様にぞくぞくした。前田がしっかりとつかもうとして、爪を立てて強く指先に力をこめてくるものだからたまったものではない。

「……っ、……っひ、……ぁ……っ」

もともと皮膚の内側にある、繊細な部分だ。自分で加減しながら引っ張ってさえも、時々飛び上がるぐらいだ。そこを手加減なしに引っ張られて、痛みに全身が突っ張る。

だけど、痛いだけではなかった。自分では加減してしまうだけに、いつにない痛みまじりの刺激が身体の芯を直撃する。痛みは痛みとして感じられた直後に、濃度のある快感へと片っ端から変化していく。

じわりと涙がにじむほどなのに、それでも気持ち良いのが恥ずかしい。歩が本気で止められなかったのは、おそらくそのせいだ。弱すぎるところを自在にいじくり回されても、手首を拘束されてそれを止めさせられないという被虐的な状況が、歩の淫らな本能に火をつける。

ペニスにジンと芯が通り、乳首だけでイきそうなほど、切迫した欲望がこみあげてくる。だが、こんなところでイクわけにはいかない。

「やめ……ろ……っ」

本気になって拒(こば)むと、前田はようやく指を離してくれた。

これだけ乱暴にぐいぐい引っ張られたというのに、乳首はやはり先っぽだけしか外に出てはいないようだ。

「なかなか、しぶとい陥没ちゃんだな」

つぶやいた後で、前田はカウンターの上に目を走らせた。

「ならば、次はこれか」

次に持ってきたのは『きゅんきゅんチクニー』新製品だ。乳首吸引具であり、強烈なパワーで乳首を引っ張りだすと宣伝されている品だ。

先ほど店員が実演してくれたから、前田でも扱いかたはすぐにわかるのだろう。パッケージから取り出したガラス製の透明なカップを、歩の左の乳首にすっぽり被せてくる。それから、付属の専用吸引ポンプで中の空気を吸い出しはじめた。逆流防止弁がついているから、吸い出した空気は元には戻らない。

「……っう」

旧バージョンを持っていたからだいたいの感覚は理解していたつもりでいたものの、吸引ポンプで吸われた瞬間から違いがわかった。

乳首を見えない唇できゅうっと吸われているような強烈な感覚が走る。さらにそれは、前田がポンプを動かすたびに大きくなっていく。

――これ……っ。

じわっと、熱が乳首から全身に広がった。きゅうんとした乳首への刺激が、ずっと貼りついて消えなくなる。X字の枷に縛られた指の先にまで、甘い痺れが走った。

ガラス製のカップが全く動かなくなるまで空気を吸い出してから、前田はポンプを外した。

「……ぁ、……っこれ……っ」

「このまましばらく放置しておけば、おまえの頑固な乳首でも完全に外に飛び出すのかな。だったら、そっとしておこうな」

そう言った後で、前田は歩の目を目隠しで覆った。

両手両足を拘束されただけではなく、視界まで塞がれてしまう驚きに歩は震える。この先、何をするつもりかと恐怖におののいたが、新たに身体で感じ取れるものはない。

——え？　……何……してる……の？

めくりあげられたシャツの間から、胸から腹までもが露出している。そこの皮膚が、空気の流れさえ感じ取れそうなほどに張り詰めていた。ドクンドクンと鳴り響く鼓動のせいで外の音は聞き取りにくかったが、それでも必死になって耳を澄ます。

前田の気配を感じ取ろうとしていた。だが、乳首に装着されたカップがきゅんきゅんと乳首を常に吸引してくるだけで、肌に触れるものはない。

だが、その乳首からの刺激は絶え間なく続いているから、装着されているだけでじわりと肌が汗ばむ。次に何をされるのかわからない不安に呼吸が浅くなるほどだったが、さらけ出された肌には何も触れない。

触れられないままに右の乳首も、性感の高まりとともに硬く尖った。その小さな突起がむず痒いような感覚を広げていく。そこをただ指先で触れられただけでも飛び上がりそうなほど全身が過敏になっているというのに、そちら側にも触れるものは何もない。

それでも、全身に前田の視線を感じた。

前田は、ただ歩を眺めているのだろうか。

あの冷ややかで、支配的なまなざしで。

カップの内側で硬く尖って突き出していく乳首や、何もされないままに尖っていく右の乳首に、前田の視線が浴びせかけられている気がしてならない。

視線を感じるだけで、敏感な乳首を見えない針でつつかれているようなちくちくした感覚が生み出される。

右の乳首に前田の指がからみつき、いきなり転がされたような快感まであって、びくんと肩が震えた。だが、続く刺激はない。どうやら、触れられたというのは錯覚のようだ。

――早く外せ。……恥ずかしい……やだ……っ。

そんなふうに思うのに、左の乳首に吸いつくカップは外れず、きゅんきゅんする刺激を絶え間なく送りこんでくる。そこの感覚から読み取るに、おそらく今は根元まで皮膚の中から飛び出して、下手をしたら右の乳首よりも肥大しているかもしれない。

その小さな粒が、神経の塊のようになっていた。

こんなふうにただ吸引具をつけたまま放置されるのではなく。早くカップを外して、潤滑剤をからめた指先で柔らかく転がして欲しい。そうしたらこの疼きと痒みが消えて、どれだけ悦く感じられるものだろうか。想像しただけでも、その渇望で頭がいっぱいになる。

だが、望む刺激は与えられず、ただきゅんきゅんと器具に吸われ続けるだけで、歩は耐え続けるしかない。

「……ぁ……っ」

吐き出す吐息が熱かった。

下肢のペニスも、ひどく熱く滾っていた。服の下の性器の状態を前田に知られ、言葉にして辱められたら、恥ずかしさでいたたまれなくなるだろう。

――早く、……どうにか……しろ。何……してるんだ……っ。

束縛された身体が小刻みに震えてくる。ただ見られているだけというのは、ひどくつらかった。想像力をかき立てられ、いつ触れられるかわからなくて、全身が敏感になっている。

前田がどんな表情をしているのか、どれだけ侮蔑したまなざしを歩の身体に向けているのか、そんなことばかり考える。そのまなざしにさらされた乳首の尖りや、服の下で張り詰めた下肢の形状まで脳裏に浮かぶ。

だが、そのとき、歩は部屋の端のほうから、何か重いものが動かされるような音を聞いた。

――え？

今のは何だろうか。

耳を澄ます。さらに、何かを移動させるような音は続いていた。この部屋にいるのは自分と前田だけのはずだから、この音がするところに前田もいるのだろうか。

――ってことは、……前田は俺の前にいない……？

はだけられたシャツの胸元あたりに、前田の強い視線を感じていた。だが、それらは全て錯覚だったというのだろうか。そのことに、愕然(がくぜん)とした。

さらに物音は続く。段ボールでも動かしているような音だ。

――何か、探してる……？

前田はいったい何をしているのだろうか。だが、一度高められた体感は落ち着きようがなく、歩は異様に敏感になったままの乳首を持てあます。

放置されていることが我慢できずに、声を押し出した。

「……何を……してる、……んですか」

すぐに返事はなかったが、しばらくして思いがけないほど近くから声が聞こえてきた。

「何のことだ？」

ずっとここにいたと思わせたいのだろうが、そうはいかない。歩は詰問(きつもん)するように語勢を荒らげた。

「なんか、……部屋の端で探してたでしょう」

麻痺していた頭が動きだす。この男は刑事だ。考えてみれば、前田とここで顔を合わせたタイミングもあやしかった。

そんなときに自分がのこのこ現れたので同行させて、張りこんでいたのだろうか。

この店を調べたくて、この奥の部屋まで体よく潜りこめたのを幸い、何かを調べていたのではないだろうか。

そう思うと、ダシに使われたのが悔しくて、店員に全てを暴露してやりたくなる。

「店員呼びますからね！　全部、しっかり話させてもらいます……！」

歩はそう言い放ったが、その声はしっかりひそめられていた。まだ前田に味方する気持ちがあることをそのことから悟ったのか、前田はふてぶてしい笑い声を漏らした。

「そう言うなよ。埋め合わせ、するからさ」

その直後に、いきなり右の乳首を指先で弾かれた。

「ぅあ！」

カップのない、剝きだしにされていたほうの乳首だ。

思いがけない甘い刺激に、大きく上体が跳ね上がる。視界を塞がれているせいもあって、刺激は何倍にも増幅されて感じられた。そこから全身に広がっていく痺れに声を出せずにいると、反対側に装着されていたガラスのカップに空気が送りこまれた気配があった。

カップが外され、外にさらされた乳首からチクチクと奇妙な感覚が広がる。

左の乳首は吸引がなくなってさえも、なおも痺れたような感覚を宿していた。

「すごく……尖ったな。ようやく、全部顔を見せた。右側の可愛いさくらんぼよりも濃い色に染まっているのは、鬱血してるからか。本当は、清楚な桜色なのかもな」

前田が言葉で指摘した光景を、目隠しされたままでも歩にはリアルに思い描くことができた。自分で乳首を吸引したときに、その状態を目にしたことがあるからだ。あまりに長い間吸引すると、乳首はぷっくりふくれて濃い色に染まる。今、放置されていた時間はさして長くなかったはずだが、吸引力が強かったからだろうか。

乳首ばかりに感覚が集中してしまいそうになったが、歩はハッとして突っぱねた。

「言うん……だからな！　おまえが、……こそ泥みたいな……真似してたって……っ」

「そう言うなって。放置されて、……すねてんのか？」

「ちが……っ、う、あ、……あ……っ！」

途中で声が上擦ったのは、いきなり左の乳首を生温かいものでぺろっと舐められたからだ。

生温かいものはそこから離れず、小さな粒をぐねぐねと嬲ってくる。弾力のあるもので押しつぶされるたびに、たまらない悦楽がそこから広がっていく。さらに唇をすぼめて乳首をきゅっと吸い上げられると、身体の芯まで快感のさざ波が走った。外に出たばかりの乳首は、とても敏感だ。そこをそんなふうに舌と唇で嬲られたら、たまらない。

「……っぁあ」

吸われた後に軽く歯を立てられ、さらに舌先でぬるぬると転がされて、頭の中で次々と快感が弾けた。

我慢できずに、腰がガクガクと跳ね上がる。

「……ぁああ、……ぁ、あ……っ！」

それだけで、イったような感覚があった。性器はジーンズの中に窮屈に収まっていたから、ウエットでイったのかもしれない。だけど、下着が濡れたような感覚はないから、ドライなのだろうか。

さらに反対側の乳首も指先で引っ張られ、これ以上の刺激が続くことに耐えられなくなった歩は、泣き声で許しを乞うた。

「も、……触る……な……っ」

そのとき、部屋のドアがノックされる硬質な音が響いた。続いて、ドアの向こうから店員の声が聞こえてきた。

「お客様。そろそろ、お時間ですので」

「わかった。すぐに開ける」

中断されたことに、歩はホッとした。だけど、どこか残念な気持ちもあった。体内で、中途半端にかき立てられた熱がくすぶっている。

前田が歩の手枷を外し、足のものも外そうと屈みこんだ。手が自由になったので、歩は自分の目隠しを剝ぎ取った。

屈んでいる前田と目が合ったが、歩はどんな顔をしていいのかわからないままだ。

さらし台から自由にされてからもなかなか身体の火照りが収まらず、特に右の乳首はシャツの布地に擦れただけでもすくみあがりそうなほど敏感に尖っていた。

歩は自由になるなり、真っ赤な顔をしたまま、カウンターにあったティッシュで乳首のローションを拭い、もそもそとチェックのシャツの前ボタンをはめて身繕いした。前田は乳首吸引具のローションを綺麗にティッシュで拭ってから、部屋のドアの鍵を開けに行く。

「お疲れ様でした。お試しいただきましたか」

爽やかな顔で入ってきた店員の顔を、歩はまともに見られない。

室内にこもった空気や、歩の火照った顔などから、何が行われていたのか見抜かれそうな気がしたからだ。いたたまれない。

だが、前田は決まり悪さを全く顔に出すことなく、使用したばかりの乳首吸引具を指し示した。

「これ、購入で。あと、……先ほどのバイブももらうか。ピストン型とかいう」

「ありがとうございます。バイブは、どちらの大きさでしょうか」

前田がそれに応じて会計を済ませている間、歩は何でもない顔をしているだけで精一杯だった。

――何か、すごかった……。

ぐっと拳を握ってしまう。

研究に研究を重ね、自分で快楽を求めてよりベターな方法を追及してきたつもりだった。だが、セルフでするよりも、他人にされたときの快感は段違いすぎて世界が揺らぐ。

他人の客観的な視線が加わる上に、次に何をされるのかまるで予測できない不安が、より興奮を高めるのかもしれない。どれだけ自分で乳首を嬲ってきたかわからないくらいなのに、前田に乳首吸引具をつけて放置されていたときが、一番感じたような気がする。

――あいつ、……慣れてないのに。初めてアレ、使ったのに。

その後で外に出た左乳首を前田に舐められ、吸われたときの快感もすごかった。あれが、本物の舌の感触なのだ。

――なんか、生って、……すごい……。

前田の口の生温かさや、舌のおそるべき性能に打ちのめされていた。快感の余韻に、まだ頭がボーッとしている。

このままでは、生身のほうがずっと上だと判断してしまいそうだ。一人では物足りなくなりそうで悔しい。

もともとは前田に恥ずかしい姿を見られた興奮が忘れられなかったから、セルフでもっとすごい快感を得られるように、その方法を探してアダルトショップを回りはじめたはずなのだ。

新たな衝撃に言葉もなかった歩のもとに、前田が戻ってきた。いきなり、購入した商品が入った袋を差し出される。

「やる」

「えっ」

びっくりした。

前田が選んでいたのは、彼女へのプレゼントではないのだろうか。

だが、他人に使用した乳首吸引具などをプレゼントされて、喜ぶ女性はいないはずだ。ピストンタイプのバイブも買っていたが、それも入っているのだろうか。

それを確認できずにいるうちに、前田に連れられて店から出た。エレベーターで地上まで上がるまでの間に、前田が言ってきた。

「今日は付き合ってくれたからな。その礼だ」

バイト代にしては、ずいぶんと気前がいい。

だが、前田が歩を目隠ししたまま放置して、何か家捜ししていたことを思い出す。あの奥の部屋に、前田が刑事として探りたい何かがあったのだろうか。

――口止め料こみ……？

前田はその目的を果たすことはできたのだろうか。気になった。前田の表情から、何かを読み取ることはできない。

「何を探してるんです？　……なんだったら、手伝って……やってもいいですけど」

そんなことを言い出す自分に、歩は内心でひどく狼狽していた。だけど、恥ずかしいところを見られ、今また乳首をいじって歩をドライでイかせた男だ。

その快感に懐柔（かいじゅう）されたつもりはなかったが、何だか見放せないような情を感じつつある。

それに前田が探っているのは、アダルトグッズに関係した案件だろう。

先日、いきなり歩の部屋にやってきて、海外通販で入手したアダルトグッズをあらためたことや、このアダルトショップで出くわしたことから類推すればそうなる。

——俺、アダルトグッズには詳しいから。

だが、どんな犯罪がからんでいるのだろうか。今の段階では、想像もできない。

前田は軽く歩の頭に手を乗せ、はぐらかすように言ってきた。

「今日は世話になった。気持ちはありがたいが、おまえの助けはこれ以上いらない。あまりこういうので遊んでて、勉強をおろそかにするなよ。それと、……あの店には当分、近づかないほうがいい」

「どうしてですか？」

気になった。あの店に、やはり何かあるのだろうか。

海外からの品揃えも豊富な、大型ショップだ。

たまにガラの悪い男がうろついていることもあったが、歌舞伎町（かぶきちょう）という場所柄もあるだろうし、あまり気にはしていなかった。

前田は歩の質問に答えてはくれない。

路地から大通りに出た途端、前田が「じゃ」と小さく言って離れようとする。急に捨てられたような気持ちになって歩は思わず手を伸ばし、前田のスーツの裾をつかんでいた。

「次の店も、……付き合ってもいいですよ？」

必死になって口にする。自分は前田の役に立つはずだ。

「俺、この町のどこにどんなアダルトショップがあるのか熟知してますし、品揃えについても把握してます。海外通販を追っているんでしたら、海外からの輸入品が多い店も知ってますし、裏ビデオと合わせてアダルトグッズを売っている、非合法っぽい店も知ってます」

必死になってアピールしたのに、前田にあっさりと断られた。

「必要ない」

そんなふうに言われると、悔しくて食い下がりたくなる。前田は歩の価値をまるっきり理解していないのだろうか。歩は前田のスーツの裾を握る手に、さらに力をこめた。

「だけど、今回、店の奥に入れてもらったのは、……俺がいたからですよね？　俺はグッズの知識ありますから、それ使って質問したら、通の客だってお店の人から思われますよ？　それに二人でいたほうが、……その、……かぷ、……カップルだと思われて、あやしまれないかもしれませんし」

自分が前田とカップルのように見えると訴えるのは不本意すぎて、じわりと耳まで熱くなる。

足を止めて歩のほうに向き直りながら、前田は少しだけ優しく笑った。

「まぁ今回、あのように奥の部屋にまで入れてもらえたのは、おまえがいてくれたおかげもあるだろうな。おかげで、それなりの収穫もあった」

――収穫？

それがどんなものかわからなくて、歩はちらりと前田が持っているバックに視線を向ける。

それは小さなセカンドバッグだったから、大きなものは入らないはずだ。盗みをしたとかそういうわけではなく、収穫というのは、おそらく情報ではないだろうか。

「だったら、今後も、……俺を」

「ダメだ。今後、町で俺を見かけても無視しろ」

そこまで言われると、さすがにムカムカした。

「何でだよ？　今日は無理やり、俺を店に引きずりこんだくせに……！」

そもそもは前田に、強引に巻きこまれたのだ。

前田に協力することで、大切な勉強の時間を奪われるようになってはならない。今度こそ、司法試験に失敗するわけにはいかない。

なのに、前田に認められたいという気持ちが抑えきれない。

「俺は役に立つよ？」

重ねて主張すると、前田は何もかも見透かしたように笑った。

「何だ？　おまえ。俺に付き合いたいのは、ご褒美が欲しいからか？」

そっと頬をつかまれて上を向かされ、そんな仕草に慣れていない歩は驚いて棒立ちになる。

これはいったい、何だろうか。

――キス？　キスでもされそうになってる？

それとも、のけぞらせて脅すつもりか。

どのみち無防備な体勢には変わりなく、一瞬怯えた目で前田を見てから、慌ててその手を振り払った。

「そんなん……じゃない」

歩にも自分の気持ちがわからないのだ。

ただ何となく放っておけない。前田のことが気になる。

そんな歩を見て、前田はすうっと目を細めた。

「だけど、危険だからな。ウブで外界に慣れていない陥没ちゃんのようなおまえを、下手に引きずり回すわけにはいかないよ。今日のは悪のりしすぎた。おまえがあまりに世間知らずで騙されやすいから、自分でも抑えが利かなくなった。素直に詫びる」

そんなふうに言われて、歩はドキッとする。ウブで外界に慣れていない、などと言われたのは初めてだ。自分なりにしっかり世間ずれしているつもりでいたが、前田の目にはそんなふうろうか。

あの店に近づくな、と言われたのも、刑事が内偵するような犯罪がからんでいるからなのだろうか。

――危険だって……。

に見えるのだろうか。

さすがに、歩はうなずくしかなかった。

歩は前田に渡された袋を抱えてすごすご駅へ向かい、余韻を引きずったまま帰宅した。

だけど、それからも前田のことは忘れられない。

渡された道具を使うたびに、前田のことを思い出す。自慰をするときには、前田にX字のさらし台にくくりつけられ、乳首を嬲られたことを思い出しながらするのが通常となった。

だけど自慰では、前田の舌で嬲られ、吸われたときの悦楽をどうしても越えられない。

それに、どこか物足りなかった。

前田の声の余韻が、耳の奥に残っている。低くて心地よい声の響きが。

また会いたくて、からかうような物言いが聞きたくて、前田のことばかり考えてしまうのだ。

〔三〕

『そうだ。ゆっくりと、……入れていけ。慌てないでいいからな』

歩の脳裏に響くのは、前田の声だ。自慰の妄想の中で漠然と思い浮かべていた屈強な男の姿も声も、いつしか前田のものに入れ替わっていた。

今日はフローリングの床に強力な吸盤で固定したピストン型バイブを、自ら受け入れる訓練をしている。さんざん小振りのフィンガーバイブで中をほぐし、辛いぐらいにかき回した後なだけに、おそらく今日なら入れられるはずだった。

『ほら。大きく足を広げて、……息を吐け。いい子だから』

自慰に前田のイメージを利用するのは、申し訳なさと同時に興奮がかき立てられてならない。

床に膝をつき、バイブの先端を自らの後孔にあてがって、歩はどうにかそれを受け入れようとする。

腰をそのまま下ろしたかったのに、前田からプレゼントされたピストンバイブは歩にはまだ大きすぎた。指三本分ぐらいの太さなのだが、先端が大きく張り出していて、その部分がどうしても括約筋(かつやくきん)を通らない。

何度も失敗してきた。

それでも経験を重ねてきたから、そろそろ入れられるはずだ。

そう思うのに、緊張もあるのか、どうしても先端部分が入らない。限界まで押し広げるたびに広がる痛みのために、腰が浮いてしまう。

「……ん、ん……ん……」

ぬるぬると、その先端が歩の足の奥ですべった。

もっと無理やり体重をかけてみたら、入らないこともないのかもしれない。それだけの準備はしているはずだ。だけど、無理やり大きすぎるものを突っこんだあげく肛門裂傷になった先達のブログ記事を読んだことがあっただけに、医者の手を煩わせる事態になるのだけは避けたかった。

今日こそは、という覚悟はあったものの、結局その日もピストンタイプのバイブは入らないまま、歩は自慰を終えた。

——どうしてかな……。ローションが違うのかな、ローションが。

シャワーを浴びながら、歩はいろいろと考える。ローションが決め手のような気がしてしまうのは、前田に乳首をぬるぬるとそのローションで嬲られたときに、とんでもなく気持ちが良かったからだ。

——新製品のローション。あれを使ったら、わりとするっと入るかもしれない。新素材の、……ポリクオとかいう素材の。

そう思ったら、居ても立ってもいられなくなった。

時刻はまだ七時半だ。アダルトショップならかなり遅くまでやっているから、時間的には大丈夫だろう。

歩はシャワーを終え、使用したお道具の後始末を済ませてから外に出た。司法試験対策用の予備校も新宿にあり、そこへのアクセス重視で住まいを選んだから、歌舞伎町まではせいぜい三十分だ。

前田に『行くな』と言われたのが引っかかっていたが、その店でなければポリクオという新製品のローションは入手できないかもしれない。行って、それだけ買って帰れば大丈夫だろう。それに、もしかしたら前田に会えるかもしれない、という下心もあった。

前田に会いたい気持ちが、日ごとにつのっている。

連絡先はわかっていたものの、歩から電話はできない。用事はなかったし、この件には関わるな、と警告されていたからだ。

だけど、そう簡単に前田の記憶は振り切れなかった。

歌舞伎町一番街のゲートを抜けて店にたどり着くまでの間、歩はさりげなく通りすがりの人をチェックしていた。だが、あのスーツの似合う鋭い目つきの男の姿はない。

いつもの地下の店まで何なくたどり着き、試供品として使わせてもらったローションはどこにあるのかと探していると、店員から声をかけられた。

「あれ、君」

先日と同じ店員だ。

「あ、こんにちは」

おずおずと言うと、親しげに微笑みかけられる。店員は茶髪の長めの髪を首の後ろでまとめていて、一見若そうに見えたが、よく見ればそれほどでもないのかもしれない。よくこの店にいるのを見るから、店長だろうか。

「今日は一人なの？」

「一人です。……あの、先日、試供品で試させていただいたローションを……その……」

「ああ。あれ、奥にあるから」

店員はうなずいて、店を突っ切って奥へと向かった。歩もそのあとについていく。奥の部屋へ続くドアに手をかけたときに店員は振り返り、中へとどうぞ、というようにあごをしゃくった。一人でもいいのか、と思いながら、歩も続いてそのドアをくぐる。

奥の部屋へまた案内されるなんて、常連として認められているようで誇らしい気分になれた。

「これのことかな」

試供品として渡されたのは一回使い切りのパックだったが、大きめのボトルをカウンターに出される。千円もしない値段だったことにホッとして、歩はうなずいた。

「これです。ポリクオって、日本ではあまり使われていない素材ですよね。海外では保湿剤として使われていて、使えば使うほどお肌すべすべになるって」

「ああ、君、詳しいね。個人輸入とかもしてるの？」

親しげに言われて、歩は勢いよくうなずいた。

「やってます！」

「海外のサイトとか、怖くない？」

「セキュリティとか、カードの流用とかで怖いところもありますけど、それには気をつけてますし」

「だったら、アルバイト代わりに店の通販を手伝ってくれないかな」

思いがけないことを持ちかけられて、歩は驚いた。

「どういうことですか？」

「店で扱う品を、君が代わりに通販してくれたら助かるんだ。個人でね」

「個人のほうが、利点があるってことでしょうか」

何だか、引っかかるところがあった。

この店ほど多彩な商品を扱っているのなら、海外にきちんとしたルートがあるはずだ。この商品は、海外のものも数多く扱っている。わざわざ個人に通販を持ちかけるなんて、何かがおかしい。

だが、店員はなめらかに説明した。

「個人輸入のほうが、関税が安いことがあるんだよ。それに、個人だと企業では買えない限定品が買えることもあってね」

「そんなことってあるんですか？」

歩が持っている常識とは食い違っているので、混乱した。それでも、歩はひとまずその説明を聞いてみることにする。

前田がこの店に近づくな、と言っていたことが頭にあった。それに前田は、この奥の部屋で何かを探していた。少しでも店員から話を聞き出し、何らかのヒントを得たい気持ちがある。

店員によると、指定された海外のサイトの指定された品を、個人で代理購入してもらいたいのだそうだ。届いた品は宅配便ごと、店に持ってきて欲しい。その際には手数料として、購入代金にプラスした値段をアルバイト代として上乗せするそうだ。だいたい、一回につき五千円ほどを。

――へえ？

だが、やはり納得できない。

歩が海外のアダルトサイトで通販を始めてからまだ半年ほどしか経ってはいないが、大人気の限定商品などまずないアダルトグッズ業界において、数量制限など聞いたことがない。それに、個人通販だと関税が安い、というのはやはり納得できない。

――確かに少額だと関税がかからないケースがあるけど、企業ルートでまとめて仕入れたほうが、仕入れ値としては安いよね？

だからこそ、このアルバイトには裏があるような気がしてならなかった。だが、すぐに断らなかったのは、先日の前田との件が頭にあったからだ。

この店には、何かがある。新宿西署の刑事が探り出そうとしている犯罪をあぶり出したい。その端緒を、もしかして自分が今、つかもうとしているのではないだろうか。

——何か情報をつかめたら、前田に電話できる。そうしたら、前田は俺に感謝する……？

「どうかな。やってくれるかな？」

尋ねられて、歩はハッとした。だが、もともと臆病な性格だ。すぐに食いつくには、ためらいがあった。

——だけど、前田が探ってた。

ひとまず情報だけ聞き出すために了承し、前田に相談するのはありだろう。

「え？　あ、……はい。通販……だけすればいいん……ですよね？」

「やってくれるかな。だったら、少し待ってね」

店員は奥の部屋にあったパソコンを操作して、三枚の紙をプリントアウトした。それから、商品に赤で丸をつけて、空いたスペースに七文字のアルファベットを書きこんでいく。

その紙を、カウンター越しに歩に指し示した。

「利用してもらいたいのはここのサイトで、買って欲しいのは、このバイブとこのバイブ。あと、手枷が一つ。合計三つ。で、会計のときにこのクーポン番号を入れてもらえば、割引料金で買えるから。全部で一万円ぐらいだけど、とりあえず君のカードで支払ってくれるかな？　小包ごと持ってきてくれれば、その場でバイト代足して、現金で支払うから」

「あ、はい。アメリカのサイトですか？　でしたら、十日から二週間ほどで届く感じ……」

「そうだね。それくらい。届いたら、特に中身を確認する必要はないから、まずぼくに電話して、お店に持ってきてくれる？　段ボールごとね。さして大きな段ボールではないから、手で運べる」

店員はさらに紙の空白に、自分の携帯番号と名前を書きこんだ。

——蟻ヶ崎（ありがさき）、って言うんだ？

「わかりました」

歩はその紙を見つめる。

プリントアウトされたのは、通販サイトをそのまま印刷したものだ。画像の横に、英文での商品紹介がついている。特に変哲（へんてつ）のないバイブとしか思えない。限定品とも書かれていない。

この品を何故個人輸入しなければいけないのか、何かがしっくりこない。

だが、歩はうなずいて、紙を鞄にしまった。

「君の名前と連絡先、ここに書いてくれる？」

代わりに記入を求められて一瞬ためらったが、こうなったからには書くしかなかった。

目的だったローションは特別に割り引きしてもらって、会計を済ませて店を出る。奥の部屋に店員がずっといても大丈夫なのかと思っていたら、店には別の店員がいてカップル客の応対をしていた。店はそれなりに繁盛しているらしい。

歩は店を出て、路地を抜けた。大通りを、駅に向かって早足で歩いていく。犯罪まがいのアルバイトを持ちかけられたのが落ち着かず、すぐにでも前田に電話をしてみたくてたまらなかった。

だけど、警察の捜査に関係したことだ。ここでは人が多すぎる。電話の話し声を誰かに聞かれることがないように、自宅に戻ってからのほうがいいのかもしれない。お腹も空いているからどこかで食べていくか、それとも自宅で済ませようかあれこれ考えながら歩いていると、不意に誰かに追いすがられた。

「おい」

ビックリして顔を向けると、そこにいたのは前田だった。

電話しようとしていた矢先に、こんなところで顔を合わせるとは思わなかった。偶然とは思えないから、もしかして前田はまだあの店を見張っていたのではないだろうか。

成果を口にするよりも先に、頭ごなしに叱（しか）られた。

「あの店には近づくなと言っただろ。待て、もしつけられない野良犬か？」

そのご主人様口調に、歩はムッとした。想像の中で前田を美化しすぎていたのかもしれない。

実際の前田は、歩の思う通りには振る舞ってくれないし、こうしてムカつくことも言う。

さんざん自慰に前田を利用してきたが、現実の前田は自分のご主人様というわけではない。この男に命令される筋合いなどないのだ。

「あんたが飼い主ってわけじゃないだろ」

負けないように、言い返した。

前田に個人通販のことをすぐにでも伝えたくて、仕方がなかったが、素直に話したくなくなる。通販が届いてから前田に持ちかけても、遅くはないはずだ。

だが、前田はふんぞり返った態度で聞いてくる。

「で？」

「って何？」

「何か、収穫はあったのか？　得意げな顔してるが」

そこまで表情を読み取られたことに、驚いた。そんなにも得意げなのが、顔に出ているのだろうか。

——さすがは刑事。

そうは思ったが、店に盗聴器を仕掛けるなんてことまでは法的になかなかできないはずだ。自分から喋らなければ、前田に全てを知られることはない。

とすれば、しらばっくれるしかない。

「何のこと？　あの店では、ローション買っただけだよ。こないだの、新製品の。あれ、良かったから」

　午後八時ぐらいになっていたが、歌舞伎町は平日でも人が多い。ぶつからないようにしながら、歩は前田と並んで歩く。

「あのローションはぬるつきの質が違うし、保湿力も段違いだから。体温で蒸発してカピカピにならずに、ずっと濡れたまま使えるのがいいんだよ」

「そういうものか？」

「そういうもん。――あんたさ、ああいう店のことを調べるんだったら、一通りの基礎知識ぐらい持っておけよ。前回だってさ、俺の知識があったから奥の部屋まで入れてもらえたんだろ。あれから、一度でも奥の部屋、入れてもらった？　俺はまた、入れてもらったけどね」

　言葉が上すべりしているように感じられるほど、前田の存在が気になってたまらない。前田に情報を提供するためにあやしいアルバイトを了承したようなものなのに、どうして自分は素直に話せないのか。

　それどころか、説教まで始めていた。

「内偵してるわりに、あんたは知識が中途半端だよ。グッズの基本的な使いかたとか、種類とか知らないでしょ」

「だったら、教えてくれるのか、おまえが」

　思わぬふうに切り返されて、歩はたじろいだ。鼓動がせり上がる。

「え？」

それは何だか、一緒にエロいことをしてアダルトグッズの使いかたを学びましょう、という意味に聞こえてならない。

ここでさして反応することなく、無視して早足で立ち去ればいい。そう頭では判断しているのに、前田の言葉に期待が生まれ、足を止めて横を見てしまう。

目が合った途端、前田は何もかも見透かしたように微笑んだ。自分が前田をさんざんおかずにしていたのが見透かされたような気がして、歩は決まり悪さに動けなくなる。

「そんなふうに言うぐらいなら、おまえが俺に基礎知識を一通り教えればいい」

「アダルト……グッズの……？」

声がかすれた。

「そうだ」

この男にアダルトグッズの使いかたを教えると考えただけで、前回、前田に容赦なく乳首吸引具を使われたときの快感が蘇る。またあのようなことにならないだろうか。同じ道具でも自分で使う場合と他人に使われる場合は、まるで快感が違うことを、歩は自分の身体でいやというほど思い知らされていた。

「な、……何で、俺がそんな……こと……」

声が不覚にも上擦る。前田は歩が想像した通りのことを、本当にするつもりだろうか。

期待するな、という言葉と、流されてしまえ、という悪魔の囁きが同時に聞こえてきた。

——だ、だけど、だけどだよ。俺はそれでいいとしても、前田はどうしてそんなこと……。からかわれているとしか思えない。

狼狽して立ちすくんだ歩の肩を引き寄せて、前田がそそのかすように耳元で囁いた。

「協力してくれるのなら、おまえの好きなようにお道具を使ってやってもいいけど」

どくん、と鼓動が跳ね上がった。

淫らな期待に、身体が熱くなる。他人などいらない。一人で十分だと、ここは冷ややかに突っぱねたい。だけど、浅ましいほどに目の前に差し出されたエサを欲してしまう。無下に断れない。

——だけど、どういう……つもりだ。

歩は必死になって前田の魂胆を探ろうとした。

どうして前田がそんな誘いをかけてくるのか、理解できない。前田にとって自分が魅力的だとは思えなかった。どこにでもいるモテない男だ。

前田にとって価値があるとしたら、アダルトグッズをいっぱい揃えていることぐらいだ。

だけど、それがわかるよりも先に、前田が了承させるように歩の肩を数回叩いた。

「決まりだな。おまえの部屋、行くか？」

この男を、また部屋に上げるわけにはいかない。何をされるか、わかったものではない。

そんな警戒心もあるにはあったのだが、前田とまた関われる嬉しさのほうが勝っていた。

シャワーを浴びている最中、勃起しそうになっている自分に気づいて、歩は深呼吸を繰り返した。

——落ち着け、……落ち着け、落ち着け。

期待だけで身体がここまで熱くなってしまうのが恥ずかしい。前田は恋人というわけではないのだ。事件がらみでたまたま、知り合っただけの相手だ。

——なのに、どうして俺、こんなに興奮してんだよ……。

単に冷静に、アダルトグッズの使いかたを淡々と説明させられるために上がりこまれたのかもしれない。なのに、前田は歩をタクシーに押しこんで部屋まで押しかけた後に、シャワー浴びてきたら？　なんて言い出してくるものだから期待する。

しかも、歩もそんな言葉に唯々諾々(いいだくだく)と従ってシャワーを浴びているだなんて、バカだ。何かされるのを期待していると思われても無理はない。

——でもちゃんと準備して綺麗にしておかないと、……万が一のときに、恥ずかしいのは俺だから。

期待していいのか、色気とは無縁に淡々とレクチャーすべきかわからなくなってぐるぐるしながらも、歩は全身を丁寧に洗い、のぼせそうになって浴室を出た。

前田はさぞかし退屈しているのだろうと思いきや、勝手にテレビをつけて、コンビニで買ってきたビールをちゃぶ台に置いてくつろいでいる。

すっかり彼氏面（づら）をした前田に苦情でも言おうと思ったが、出てきた歩を見てすっと目を細めたものだから、言葉は喉に詰まった。

「こっちに」

差し招かれて、歩はふらふらとそこに座る。

「飲むか？」

言われてうなずくと、缶ビールに残っていた分を缶ごとくれた。風呂上がりに加えて、緊張していたせいで喉が渇いていて、やたらとビールは美味しく感じられた。

「何かいいな。おまえの、風呂上がりの姿」

「いい……ですかね」

風呂上がりの女子学生なら価値はあるだろうが、何せ男だ。なのにどこか眩（まぶ）しそうに見られている気がして、歩は落ち着かない。

飲み干して空になったビールの缶を、歩はちゃぶ台の上に置いた。

「ええと、……お待たせしましたけど、まずは基礎知識からですね」

全てが前田のペースになっては良くないと、歩は気合いを入れ直す。

　上から下まで洗濯したての部屋着に着替え、下着も実は替えていた。軽い勃起も収まらないが、それでも頭が働かないというわけではない。歩は背筋を伸ばして、前田の前できちんと正座をした。

　その姿に、前田は少し笑う。

「何です？」

　気になって聞くと、前田は二缶目のビールを開けながら答えた。

「いや、何かいいな、と思って。そういう、きちんとしたの」

「あなたの回りはきちんとしてなかったんですか？」

「なんか雑だったなぁ。おまえの、育ちの良さそうなところに、ゾクゾクする」

　からかうように言われて、歩はどぎまぎする。こんなときの接しかたがわからない。

　育ちがいいと褒められたようだが、上品な人間がアダルトグッズやセルフ緊縛にはまるかよ、と思うと、逆にけなされているような気分にもなった。

「現物を見せたほうが早いと思うんですけど」

　前田のたわごとは無視することにして、歩は押し入れを開けた。

　そこに置いてあった衣装ケースを、三つ取り出す。透明ではないタイプのもので、そこには歩のコレクションが整理整頓されてぎっしり収納されている。

フローリングの床に布を敷いて、歩はバイブを並べていった。

「まずは基本の、バイブから説明しましょう。膣（ちつ）用とアナル用という大きな区分けがあった上で、サイズ別、性能別によって、いくつかに区分されます」

歩が所有しているのは、全てアナル用だ。だが、こうして並べてみると、サイズが小さいのが自分でも気になった。

指一本ぐらいの太さがほとんどで、指三本ぐらいなのは先日前田にもらった一つだけだ。道具のプロフェッショナルぶりたいのだが、この品揃えでは初心者だと自ら白状するのも一緒ではないだろうか。

だが、そんなことはおくびにも出さず、歩は持っていたパンフレットを開いて説明した。

「性能別というのは、まずはクリバイブがあるのと、ないもの。竿部分がスイングするのと、振動だけのもの。さらには、スイングではなくて、ピストンタイプ」

「ピストンタイプは、おまえが好きなやつだよな」

そんなふうに言われて、歩は無表情ながらもじわりと頬を熱くする。ピストンタイプを試してみたいのだが、実はいまだに挿入に成功していない。そんな状態では、好きだとか嫌いだとかいう資格がないように思えてならない。

だからあえてコメントせず、無視して説明に戻った。

「その後の分類としては、素材です。塩化ビニール製が多いんですけど、質感を大切にするタイプとして、ゲルトーマとか、エラストマーとかを使う高級なのもあります。人肌みたいなもっちり感と弾力が魅力ですが、その実物は一本しか手元にはありません。これは、エラストマー」

歩が秘蔵の一本を前に置くと、前田が物珍しそうに手を伸ばしてそれに触れた。

「うん。……確かに、もちもち。挿入感って、そんなに違うものなの？」

具体的な質問をぶつけられて、歩はそれを入れたときの挿入感を頭の中で思い描いた。高級な素材だと、生の性器を入れたときと似た感じだと確かに言われている。だが、歩は生の性器を入れられたことがなかったから、比べようがない。だから、さりげなく流すことにした。正確な回答をしたいが、これには答えられない。

「違うと、……一般的には言いますね。人気です。で、次は、……ローターとか、電マとか、解説しましょうか」

教師のようにテキパキ説明して知識の豊富さを誇るつもりでいたのに、リアルな性体験が豊富そうな前田を前にするにつけ、自分の性体験のなさが実感されてじわじわと恥ずかしくなってくる。

それでも平静を装って、ローターと電マについて説明した後、歩は二つ目の衣装ケースを自分の前に移動させた。

「ここにあるのは、手枷とか、足枷、口枷、縄、テープなどの、拘束アイテムです。本格的な人にはやっぱり縄が人気ですけど、やっぱり手間ですし、跡がついたりしますからね。最近は跡がつかない上に収縮する新素材でのボンテージアイテムも出てきています。相手がいなくても、一人でしっかり拘束できるためのアイテムも、だいぶ開発されています」

グッズはメンテナンスが大切で、使用後にはしっかり洗浄、除菌して、保管をするのに適した環境にしておくのも大切だ。途中で電池が切れたりしないように前もって準備しておくのも、楽しむための要素の一つだった。

「へえ。わりとしっかりしてるんだな。外れないかどうか、つけてみてもいい？」

手枷を持った前田に何気なく聞かれて、歩はうなずいた。

「……どうぞ？」

てっきり、前田が自分の手首にはめたりして試すものだとばかり考えていた。

だが、前田は了承を得ると、歩の手首をつかんで引き寄せた。

「え？」

そうされることを予測もしていなかったから、歩は慌てる。手首に手枷があてがわれただけで、その革の感触にゾクッとした。

くどくように、前田は囁いてくる。

「実際に使ってみるのが、一番覚えやすいだろ？　ええと、ここはこの場所に通すのか」

前田が持っているのは革製の枷を手首に巻きつけて革のバンドで締め上げてから、その左右の手首を鎖(くさり)でつないで手錠のようにするタイプだった。

一瞬拒絶しそうになったものの、とりあえず歩は好きなようにさせることにした。見ただけでは、その使いかたまではわからない。実際に現物が手元にあるのだから、装着して試してみるのも悪くはないはずだ。

だが、両手首に革の枷を巻きつけられただけで少しずつ歩の鼓動は乱れはじめていた。手枷をつけたときには自慰をするときだから、こうなるのは条件反射かもしれない。しかも、今日は目の前に前田がいる。意識するな、というほうが無理だ。

前田は歩の両手首を鎖でつないで手枷を完成させると、次に衣装ケースの中から口枷を拾い上げた。歩の口に、ボールギャグを押しこもうとしてくる。

「ちょっと！」

さすがにそれはどうかと、歩は首を振って拒もうとした。それを装着されたら、一切喋れなくなる。

「ダメか？」

だが、くどくような目をして尋ねられると、大きく鼓動が乱れる。別にそれくらいはしてやってもいいかもしれない。ボールギャグを口に押しこまれ、唾液すらすすることができずに垂れ流す姿を見られるのはひどく恥ずかしかったが、惨めなその姿を前田に見られると考えただけで、身体が震えてくる。

「……い、……いいですけど」

そんな歩の口に、前田は慎重にボールギャグを押しこんだ。吐き出さないように、首の後ろでバンドを留められてしまう。

「ふっ」

それだけで呼吸が苦しくなって、鼓動がどんどん乱れはじめた。

すぐに外してもらえると思ったのに、前田は床に並べた拘束具を前に囁いてくる。

「次は、どれがいい？　あそこにつながれるのが好きなんだろ？　全て、完成させてやるよ」

歩のワンルームの部屋の窓際を塞ぐ位置に、ロフトベッドがある。歩の肩の高さにベッドがあるタイプで、四隅を頑丈な柱が支えている。

前田は歩を押すようにして立ち上がらせてから、その柱の前に立たせて身体の前でつながれていた手枷の鎖を一度外した。背中で拘束し直す。歩はロフトベッドを前にして、そこから逃れられなくなる。

いつもの、セルフ緊縛のときの姿だ。

前田に前に見られたときも、こうしてつながれていた。

「……っ」

その姿を前田に見られただけで、歩の身体の熱が上がっていく。背後に腕を固定された、無防備な体勢だ。無力感とともに鼓動がせり上がり、呼吸しようとして変な声が出た。

「ふ、ぐ」

そんな歩の正面に立った前田は、嬲るような目を向けてきた。

「何だ？　これだけで、もう気分出してんのか？　だったら、この状態でいろんなグッズの使いかたを、この身体で一通り試させてくれるか？」

前田の目は熱を帯びていた。少し前まではクールな態度だったというのに、歩の身体が熱を帯びるにつれて、前田から伝わってくる熱量も大きくなる。

そんな目で見つめられるだけで、歩は何をされてもいいような気持ちになった。

催眠にかけられたような気分でコクンとうなずくと、前田はそっと頭を撫でる。

「いい子だ」

その手が離れた後も、前田に触れられた感触はずっとぬくもりを宿している。

期待と不安に鼓動を乱す歩の前で、前田はまだ開いていない衣装ケースに手をかけた。そこには、乳首責め関係のグッズや小物類が、みっしり詰めこまれている。

それをケースごと歩の前に運んだ前田は、柱に拘束した歩のシャツのボタンを一つずつ外していく。今日はその下に、何も着てはいなかった。ボタンを開かれただけで、歩の平たい胸部が剝きだしになる。しかも腕を背後で拘束されているから、ことさら胸を突き出すような姿だ。

前田がボタンを全部外してから、シャツを左右に開いてマジマジと眺めてきたのは、やはり左の胸部だった。

「こっち、いつもはこんなにも引っこんでるんだな」

　指先でそのへこみを丁寧になぞられた。

「だったら、まずはあれ、使おうか。恥ずかしがりやなこっちの乳首だけど、まずはお外に出てきてもらわないと、何も始まらないからな」

　先日、前田にプレゼントされた乳首吸引具は、ケースの中ですぐに見つけることができたらしい。

　その透明なガラスのカップを左の胸のへこみに被せられ、慣れた手つきで中の空気を抜かれていく。

「……っ」

　皮膚の内側までジンと痺れるような馴染みのある刺激に、歩は思わず目を閉じた。

　何でこんなことになったのか、わからない。だが、自由を奪われ、言葉まで封じられてしまったことで、後は前田が満足するまで道具を試させるしかないという諦めが生まれる。

　騙し討ちされたような格好だったが、こんなふうにされることを望んでいなかったといえば嘘になる。何をされるのかという不安と期待に、身体の熱が収まらない。どうして前田は、自分が望むような姿で道具を使ってくれるのだろう。

　――俺の身体に、……興味ある……？

　だが、陥没乳首が珍しい以外、さしてアピールポイントは思い当たらない。陥没乳首は歩にとってはコンプレックスでしかなかった。

カップから空気を抜かれるにつれて、左の乳首を見えない唇で吸い上げられているような体感が生まれた。いつもは皮膚の内側にあって刺激に弱い部分が、強引に外へと引っ張りだされていく体感にじわりと下肢が痺れる。だが、その繊細で感じやすい部分を、外に引っ張りだされた後で指先でなぞられたときの快感を思い描いただけで、頭がぼうっとしてきた。

「……っぁ、……ふっ……」

前田が操作するポンプが空気を吸い出すたびに、乳首への刺激は強くなる。じわじわとそこから広がっていく奇妙な痺れに、歩は集中せずにはいられなかった。

前田は限界まで中の空気を抜き出してから、ポンプを抜いた。逆流防止弁がついているから、透明なガラスのカップはそのまま強力に歩の胸の一部を吸い続けることになる。

そこの様子を観察していた前田が、視線が合うなり共犯者のような笑みを浮かべた。

「少しずつ、先端が出てきてるぜ。だけど、ここからが長いんだよな。完全に外に出てくるまで、他のもので遊んでようか」

すっかり前田にも、陥没乳首の状態を知られている。

嬲るようなまなざしに、歩は射すくめられた。

――やっぱり、……他のこともするつもりなんだ。

前田が歩の腰に手を伸ばしてきた。着ていた部屋着を引き下ろされ、下着も下ろされていく。

半ば勃起しかけた性器を前田の目にさらすのが、恥ずかしくてたまらなかった。呼吸が乱れた拍子に、唾液がボールギャグの孔からあふれて、胸元を濡らす。

「ぐ、ん、ん」

「何だ、もう期待してるのか、エロ小僧」

歩の性器の様子を見て、前田は侮蔑するようにつぶやいた。

それだけで、あまりの羞恥にいたたまれなくなる。

感覚が極限まで研ぎ澄まされていた。何をされるのかわからなくて怖いのに、興奮が収まる兆しはない。

そもそも前田は、どうしてこんなふうに歩を嬲るのか。その意図がずっとわからないままだ。

――俺で、……遊んでるだけ……？

一度も愛されたことがないから、歩には愛されるというのがどういうものなのか、まるでわからなかった。身体を嬲られることで前田の特別な存在になれるような浅ましい期待も生まれそうになるが、下手に誤解して心を折られることがないようにガードを固めるしかない。自分がこのモテる男に本心から愛されることなどないということくらい、わかりきっていた。だとしたら、これは単なる酔狂だ。

――……俺も、……これが遊びだと思わなくちゃ……。

そんなふうに気持ちを固めて、すさんだ目で見た歩に前田はかすかに笑いかけた。歩の身体を、前田はロフトと向かい合う形につなぎ直す。

「まずは、このあたりから試させてもらおうか」

何をされるのか怖くてうつむいたとき、前田が持っているものが少しだけ見えた。それだけでも、歩にはそれが何だかわかる。初心者用の、後孔用のジェリーボールだ。

小さな球が一直線に連なったタイプで、外側に持ち手もついている。

それに前田は慣れた様子でコンドームを被せ、ローションまみれにして準備する。それから前田は歩の背後に立ち、腰をつかんで突き出すように角度を変えさせると、尻の狭間（はざま）にそれを突き立ててきた。

「ぐ、……う、ぁ、……は……っ」

何も準備のできていないところに、小さな球がつぷりつぷりと括約筋をめくりあげて入ってくる。

球が一つ括約筋をくぐり抜けてはぬるりと入りこむたびに、歩は息を詰めずにはいられなかった。

ジェリーボールを使っても、歩は今まであまり快感を覚えたことがない。だが、前田が操るとまるで魔法のような力が加わるようだった。

連なった弾力のある球に括約筋をくぷりと押し広げられるたびに、背筋がざわつく。ぞくっと震えて、押し広げられた括約筋が球を呑みこんで縮まるのに合わせて締めつけずにはいられない。そうしてきゅうっと力のこもった部分を押し広げるように、容赦なく次の球を押しこまれた。

球の一番太い部分が通り抜けた後で、ぬるっと入りこんでくる刺激がたまらなかった。

これは、括約筋だけを集中的に嬲る道具なのだと初めて理解する。そうして括約筋ばかりを、球の数だけ嬲られ続けていると、膝が震えてくる。こんなふうに立ったままだとどうしても足に力が入るから、中に呑みこんだものが与える存在感も無視できない。

「しっかりと呑みこめよ。入ったら、また抜いてやるから」

そんな言葉とともに、根元まで押しこめられた。直径三センチほどの球が無数に連なっているものだったが、その全長を全て体内に押しこめられると、さすがに圧迫感がある。身じろぎしただけで体内に詰めこまれた球がねじれて、襞に不規則な刺激をもたらした。

だが、押しこめられたときの感覚は、序盤戦に過ぎなかったようだ。

前田は持ち手に指をかけて、体内深くまで沈んだものをゆっくりと引き抜きはじめた。

「んふ、……ふ、ふ……っ」

抜かれるときの感覚に、歩は弱い。

つぷん、つぷんと、歩の後孔がシリコン製の連なったボールを吐き出していくにつれて、ざわりと背筋が震えた。

一つ抜き出されるたびに、体内から大切なものが失われるような奇妙な感覚さえあった。抜けるたびにもたらされる異様なざわつきを少しでも軽減したくて、襞が球を引き止めようとからみつく。

「ぐ、……ふ、ふ、ふ……」

いつまでこの強烈な刺激に耐え続けなければいけないのだろうか。息も絶え絶えになったときに、完全にそれが体内から抜け落ちる気配があった。

だが、ホッとする間もなく、それがまた押しこまれてくる。

「…ぐ、……ふ、ふ……ン、ン……っ」

球の一つ一つが、嫌というほど括約筋を刺激しながら入ってくる。そこからわき上がる重苦しいような感覚に、歩はギュッとロフトの柱を握りしめた。球を全て押しこめられるまで、ひたすらそれを味わわされ続ける。

だが、それが全て入った後には、抜かれる刺激に耐えなければならない。

——ダメ、……これ、……ヤバ……い……っ。

抜かれるたびに、ぞくんぞくんと身体が揺れた。また気が遠くなるほどの時間を耐えて、全部が抜かれる。そのタイミングを逃さずに、歩は大きく首を振った。ボールギャグをくわえこまされていて言葉は発せられなかったが、これ以上の刺激は勘弁してもらいたいと伝えたつもりだった。

それが伝わったのか、前田は動きを止めた。

「これ、……あんまり好きじゃない？」

好きとか嫌いとかとは違うが、ひとまず歩はうなずいた。

そこの刺激が強烈すぎる。感じすぎて、これ以上はつらい。括約筋ばかりそんなふうに集中的に嬲られてそこを刺激される快感に目覚めてしまったら、自分が明日からより変態的な自慰に溺（おぼ）れてしまうのではないだろうか。

しかし、下を向いた歩は、自分の性器がひどく勃起しているのを見て狼狽した。後孔の刺激ばかりに集中して自覚できずにいたが、そこは先端から蜜まで滴（したた）らせている。その状態を見られたら、前田はジェリーボールが嫌いという嘘を信じてはくれないだろう。

だが、刺激が中断していた歩の後孔に、新たな刺激が加わった。

ぐ、と押しこまれたものは今までよりもずっと大きく感じられて、それがつぷりと括約筋を抜けるまでに生み出した抵抗感もずっと強い。膝が震えた。最初はどうしてだかわからずに刺激を受け止めるしかなかったが、三つ目の球が入りこんできたときにその理由がわかった。

——もっと、……大きなのを入れられてる……っ。

買ったときに、小さめの球と大きめの球と、二本セットだったはずだ。そのことをようやく思い出す。その大きめのものを、今度は押しこめられているのだ。

「ぐっ……ふ……」

より大きくなった刺激を、歩はボールギャグを食いしめながら受け止めるしかない。最初に小さめのもので嬲られていたからか、括約筋をより大きく押し広げられても、どうにかそこを通過できるほどの柔軟性が生まれている。歩にはひどく大きく感じられる球が一番狭いところを通過して、中にぬるっとすべりこんでくるときの刺激がすごくて、それを強制的に味わされるたびに濡れた息が漏れた。

荒々しくなる呼吸と、がくがくと震える膝が、歩が受け止めている刺激の強さを物語ってしまう。

「……ん、……ふ、ふ……っ」

たっぷりとローションで濡らされているようだが、球の一つ一つが入りこむたびに強い抵抗感があった。括約筋が毎回限界に近いほど押し広げられて、耐えきれないと思った瞬間にぬるりと中に入りこむ。中にある球の存在が、締めつけなくてもわかる。歩は硬直しながら、ずっと体内をいびつな形に拡張される刺激に耐えるしかない。

だが、ますます強く感じられるばかりの刺激に、歩は慣れることができない。どうしてこんななのかと思ったとき、根元になるにつれてだんだんと球が大きくなるタイプだったことを思い出した。

――最後のは、……どれだけ……大きかったたっけ……。

また新たな球が中へと入りこもうとしている。歩は必死になって息を吐き、力を抜いて受け入れるしかなかった。だが、なかなか入らないらしく、ぐりぐりとひねりも加えられると体内にある球も連動して動く。そんなとき、球と粘膜の間でローションがすべる感覚がざわりとした快感を引き起こした。その刺激に力が抜けた拍子に、また球が体内へと入りこむ。

腹の中に入れられた異物が、どんどん体積を増していくのも少し怖かった。呼吸のたびにのっていく圧迫感に、涙がにじむ。背を向けているから、こんな顔を前田に見られずにいるのがせめてもの救いだ。だが、涙を拭うことすらできずにいるから、いずれは知られてしまうだろう。

「ふ、……ふ、ふ……っ」

根元まで押しこまれたらしく、今度はぐっと引かれる動きになった。

括約筋が内側から押し広げられ、球をくぷっと吐き出す。無理やり排泄をさせられているような、生理的な体感がたまらなく気持ち悪いのに、そんな中でもペニスは萎えない。

くぷ、くぷっと一つずつ球を抜き取られた後で、またそれが押しこまれてくる。だんだんと中が開いているのか、無理やり押し広げられる圧迫感が薄れた代わりに、摩擦によって生み出される快感は怖いほど増幅していた。

特に歩が反応する位置を見つけられると、球の一つを執拗に出したり入れたりされて、中と括約筋がもたらす感覚をことさら思い知らされる。ぬちゃぬちゃと、そこから恥ずかしい音が漏れる恥ずかしさにも、歩は耐えなければならなかった。

「だいぶ開いてきたぜ」

たっぷり中を嬲り終えてから、前田はジェリーボールを抜いた。なおも自分の中がぱっくりと開きっぱなしになっているように感じられるほど、その存在感と嬲られまくる感覚は残っていた。

歩がまともに立っていられなくなっているのを察してか、前田は歩の手枷を一度外して、床に座らせてくれた。

だが、足首をつかんで、歩の身体を仰向けに二つ折にする形でぐっと頭上に押し上げてくる。

「次は、……お待ちかねのピストンタイプを試すか？」

言われただけで、足の奥が疼いた。

だが、その大きさは入れたことがない。先端が太すぎて、どうしても括約筋をくぐり抜けてくれないのだ。

入らない、と主張したかったが、今なら入るような気もした。

——だって、……何かすごく、……ほぐされたから。

たっぷりと後孔を嬲られ、熱く痺れて、力がまともに入らなくなっている。

——それに、……前田にバカにされたくないし。

前田の前でプロフェッショナル面をしてしまったからには、見栄を張りたい気持ちもあった。

——それ、……くらい、……入るん……だからな……！

そんなふうに覚悟を決めたせいで、歩が拒まなかったせいもあるのかもしれない。前田はそのピストンタイプのバイブにスキンを被せ、たっぷりローションをまぶして準備を始めた。こうなったら、今さら後に引けない。歩は負けず嫌いなのだ。

「深呼吸して……」

あてがわれた切っ先の感触からその大きさを思い描いた瞬間、歩の身体がぞくっと震えた。やはり無理かもしれない。無駄に見栄を張ってしまったことを後悔したが、後の祭りだ。

ボールギャグ越しに大きく息を吸いこんだとき、その先端が容赦なく中を押し開いてくる。

「……つぐ、ふあ、あ、うぐ……ぐ……っ」

ぐぐっと、括約筋が限界まで広げられ、入りこんだシリコンが襞を圧迫しながら中に入りこもうとしてくる。襞が引きつれ、痛みが走る。

「ぐ、……ふ、ふ……っ」

それでも、先端がどうにか括約筋をぐぐり抜けたのか、ふうっと痛みが和らいだ。

そのままゆっくりと挿入されていく感覚に、ぞくぞくと震えが突き抜ける。

括約筋が開きっぱなしになっている感覚と同時に、太いものをくわえこまされている感覚が絶えずつきまとい、深くされるのが怖くて締めつけようとしても、力が入らない。

数センチずつ押しこめられるたびに、呼吸すらまともにできなくなった。

「……っん、ん、ん……っ」

こんなものを入れられるのは無理だと、歩の全身が訴える。それでも、前田は巧みにそれの角度を変えたりねじったりしてゆっくりと押しこめてくる。気がつけばずいぶんと深いところまで、その切っ先が届いていた。

――だけど、これ以上は無理……っ。

襞が隙間もなくギチギチだ。そのことを、歩は涙目で前田に訴えようとした。

だが、さらにぐっと数センチ押しこめられ、へその深くまで異物で占領されたような感覚に喘いだときに、動きが止まった。バイブの根元に膝をあてがって押し出せないようにしてから、ご褒美のように歩の頭を撫でてくる。

「よくできたな。頑張った」

その言葉で、根元まではめこまれたのがわかった。あんなものを入れられてしまうなんて、信じられない。呼吸が浅くなったままだ。締めつけるたびに中の大きさに顔を歪める歩をあやすように、前田は何度も頭を撫でてくる。

その優しい感覚に、歩の身体から少し緊張が消えた。それを見て、前田がそっと手を離す。

「動かす前に、少し慣らしておいたほうがいいか。せっかく、こういうものがあるんだし」

前田があらかじめ目をつけておいたらしきものを、ケースの中から取り出した。

それは、バイブを抜き出せないように外側から固定するブーメランパンツのようなものだった。ペニスの部分は空いているから触ることができるが、後孔を外側から塞がれると、バイブを体内から押し出すことができなくなる。

おしめを替えるように足をつかまれながらそれを装着されて、歩は体内に収まったものの大きさにうめくしかなかった。

上げられていた足を床に下ろされただけで、体内に収まったものの角度が変わって、びくんとすくみあがった。

一度床で仰向けにされてから、歩は肩をつかまれて上体を引き起こされる。身じろぐたびに、体内にあるものがひどく歩を責め立てた。

だけど、耐えられたのは肩や足に触れる前田の手の感触があったからだ。少し歩を動かすたびに、何気なく様子をうかがわれる。歩の身体を自在に操る手の動きは雑そうなのに丁寧でもあって、その手の動きに集中せずにはいられない。

男っぽい大きな手に肩をつかまれているだけでも、そこからぬくもりがひろがっていく。

歩をロフトベッドの柱にもたれかからせてから、前田が胸元に視線を落としてきた。

「すっかり尖ってきたから、これ、外そうな」

陥没した乳首を覆っていたガラス製のカップに空気が送りこまれ、ずっと貼りついていたものが外される。その間も、歩は中にあるものの存在感に落ち着かない。

外気にさらされた乳首は、ぷっくりと肥大していた。空気の動きすら感じ取って、ちくちくと痺れるような刺激を生じさせる。そこをいきなり指先でなぞられて、歩は飛び上がった。

「……ぐ！」

——触ん……な……っ。

全身で訴えて身体を逃がそうとした拍子に、下肢に入りこんだバイブが襞をえぐる。その刺激が怖くてまともに動けなくなった歩の肩をつかんで、前田はロフトベッドの柱に押しつけてきた。

「ただ触られただけでも、こんなか？　だったら、ローション塗ってやるから待ってろ」

そう言って、前田は持ってきたローションを指先にからめ、肥大した左の突起にそっと塗りつける。

「……っ」

たっぷりのローションとともに乳首を指先でもてあそばれると、甘ったるい強烈な刺激に腰が揺れた。そのたびに体内から生まれる感覚に、歩は硬直するしかない。

こんなに大きなものが体内にあることに、恐怖さえ覚えていた。なのに、乳首を嬲られてそれを締めつけるたびに、そこから生まれる圧迫感が快感に変わりつつある。

そのとき、バイブのスイッチが入った。

「つぐ、あ！」

最初は感じるか感じないかぐらいの弱い振動に過ぎなかったが、じわじわと襞を溶かす刺激は甘すぎた。お腹の落ち着かない感じとともに生まれる快感にじっとしていられなくて、のけぞった歩の胸元に前田の生温かい息がかかった。

「……ぐ」

何かを予感して上体を突っ張らせると、前田の身体がすぐそこにあった。敏感な左乳首に吸いつかれ、ぬるっと舌先で舐められる。その生温かな弾力に乳首をもてあそばれて、歩の肩は大きく揺れた。

さらに左乳首を柔らかく吸いたてられながら、反対側の乳首もローションで濡れた指でぬるぬると転がされる。

その両方からの刺激に、歩は大げさなほど震えずにはいられなかった。

「ぐ、……ふ、ふ、ふ……」

乳首を舐められ、いじられているところから、頭が溶けるような快感が下肢へと流れこんでいく。

左乳首は敏感だから、痛くならないようにそっとされているのに、それでも感じてならない。舌先のざらつきとともに舐められているだけで、歩はびくびくと震えた。絶え間なく動く胸元に指を添えられ、右の乳首をぬるつく指先で引っ張られるのもたまらない。

「……ぐ、ぐ……っふ……」

唾液が垂れ流されるせいで口の中がひどく乾き、喉がひりついてきた。口腔内を湿らそうにも、ボールギャグを嚙まされているからまともに舌も動かせない。

乳首を舐められるたびにペニスが疼いて、イきたくてたまらなかった。けれど、後孔の違和感がすごいから、イクにイけない。

歩はびくびくと震えながら、乳首を舐められる甘い悦楽をひたすら味わわされるしかなかった。

神経の塊のようになった敏感な部分を舐め溶かされて、頭まで溶けるような甘い悦楽が続く。何も考えられない。

最高に気持ちがいい瞬間が、ひたすら続いていた。ペニスはガチガチに硬くなり、蜜で灼けてむず痒くてたまらなかった。ペニスには触れられないまま、体内にあるバイブを締めつけるたびにそこから戻ってくる圧迫感にうめく。

しかし、それらのどんな刺激よりも、歩の身体を熱くしたのは、肩や太腿にさりげなく触れる前田の手の感触だ。道具に前田の生身の感触が加わるだけで、たまらなく身体が熱くなる。

襞がむずむずしてたまらなかった。その大きさに、少しずつ身体が慣れはじめている。じっとしていられず、乳首を舐められるたびに腰が揺れはじめていた。

「ふ、……ぐ、ぐ……っ」

「気持ち良さそうだな。……俺も仲間に入れてくれる？」

そんな言葉とともに、歩の口にずっとくわえさせられていたボールギャグが引き出された。

口が自由になったが、しばらくは声を発することもできないほど口腔内が乾ききっている。

「みず……」

かすれた声で訴えると、前田は歩のあごをつかみ、口移しする形で水を飲ませてくれた。

「ん」

そんなふうにされるとは思ってなくて、柔らかな唇の感触に狼狽する。キスなどするなと訴えたかったが、送りこまれてくる水をこぼさないように夢中になって飲むことしかできなかった。

唇が一度離れたが、もう一口水を含まされる。だが、今度は唇からすぐには離れず、舌にからんでくる。

舌と舌がからむ初めての感触に驚きながら、歩は次第に気持ちよくなってくるその疼きに身を任せることしかできなかった。唇が離れてから、歩の口元に前田の熱いものを突きつけられる。舐めることを期待されているのがわかって、歩は困惑した。

口でしたことなどない。だが、スラックスから取り出したものから目を離すことができない。舌を刺激されたことによって、口腔内が疼いている。それをたっぷり頬張ったら、どんな感じがするのだろうか。

「やったこと……ないから、下手だけど」

「やりかた、教えてやるよ」

そんなふうに言いながら、前田はさらに歩の口との距離を詰めた。その際に、少し屈んで、体内にあったバイブの振動を強くされる。

「……い、……ぁあ……っ」

今までよりも強烈に伝わってくる振動に、前立腺が小刻みに揺さぶられて、歩は喘いだ。振動とともに背筋に甘ったるい悦楽が駆け上がり、じっとしていられなくて足がもじもじしてくる。

「そろそろピストンが欲しいか？」

尋ねられて、歩は慌てて首を振った。今はまだ、振動だけで十分だ、これにピストンがくわわったらたまらない。

迂闊（うかつ）な反応をしてピストンに切り替えられないように、歩は自分から前田のペニスに顔を近づけた。

ちろっと舌を伸ばして先端をなぞると、前田はそちらに意識が向いたようだ。

「まずは、この先っぽを集中的に舐めてみて」

言われて、歩はそれをじっと眺める。前田のものは、歩のものとはまるで違っていた。大きくて硬くて、黒光りまでしている。

こんなものは入るはずがないと思いながらも、いつかそんな日が来るだろうかと夢みつつ、歩は舌を伸ばしてそれをなぞっていく。腕は後ろ手につながれたままだから、口を使って奉仕するしかない。下肢から絶え間なく駆け上がってくる快楽が、その妄想を補強した。

さすがに前田にとってもそこは敏感なところなのか、舌先でちろちろと尿道口を舐めていると、かすかに息を呑んでいるのがわかる。舌をつけるたびに、それが硬く大きくなっていくのがわかって、歩の舌使いが熱っぽさを増した。自分が、前田を感じさせることができるなんて思わなかった。

「上手だ。……次は同じとこに舌先をねじこんで、ぐりぐりとこね回してくれるか？　たまに、唇をすぼめて吸ってもいい」

気持ちいいのか、前田が軽く歩の髪を撫でながら、熱っぽい声で指示してくる。その手の動きにそそのかされて、歩はさらに顔を寄せた。

指示されるがままに尿道口に舌をねじこむと、その動きに反応してペニスがビクンと脈打つ。ねぶるたびに前田が感じているのが伝わってくるから、歩は舌の動きを止められない。ますますペニスが大きさと硬度を増していくのがわかった。

バイブの振動は止まらず、歩の腰にも快感が蓄積されていくばかりだ。

たっぷり舐めさせた後で、悦楽にかすれた声で前田が指示した。

「次はちょっと口を開いて、先っぽを呑みこんでみようか」

歩は思いきって口を開き、先端から呑みこんでいく。前田の手で頭を抱えこまれているだけで、何も考えられなくなっていく。髪を指の間で梳かれるようにされただけでも、ひどく気持ちよかった。同性のものに対する嫌悪感は不思議となく、すっぽりとくわえこんで脈打つ感覚を口腔全体で感じただけで、ジンと腰まで熱くなった。ひどく前田を近く感じる。

前田のプライベートな部分をこんなふうに舐めしゃぶることで、親密な関係に一歩踏みこんだような気がしてならない。単なる身体だけの関係だというのに。

さらに舌も使って、ぬるぬると舐めしゃぶった。

「ああ、そこ、いい」

気持ちいいのか、前田がご褒美のように歩の髪を撫でる。そうされるのが嬉しくて、歩はより深くまで呑みこもうと口を大きく開いた。

「ふ、……ふ、ふ……」

さっきから、ずっと歩だけが気持ち良くさせられていた。だからこそ、この悦楽を前田にも返してやりたい。

そんな思いがこみあげ、くわえては懸命に舌で刺激を送っていく。

そんなふうにすると不思議と歩の口も気持ち良くなった。下肢がジンジン疼く。深くまでくわえこむたびに、その大きさに呼吸ができなくなって鼻から息が抜ける。

この前田のものを下肢に受け入れることができたら、いったいどんな感じがするのだろうか。この大きさは無理だし、前田もその気になるとはかぎらないのに、いつしか頭の中で、そんなことばかり考えていた。

体中に前田のものが入っているような感覚が高まり、自然と腰が揺れる。中に実際にバイブがあるだけに、たやすく妄想は思い描けた。前田のものをくわえながら同じ前田のもので突き上げられているような奇妙な気分に陥っていた。

発情した身体はバイブをひくひくと締めつけ、味わったことのない前田のピストンを思い描いて身体が揺れる。

「くわえてたら、物足りなくなったか？」

そんな歩の腰の動きは、前田にも見て取れたのかもしれない。

前田が屈みこんだ直後に、下肢のバイブのスイッチがまた切り替えられたのがわかった。

振動しかしていなかったものに、突き上げるような動きが加わる。それを予期していなかっただけに、長くバイブをくわえこまされてどろどろに溶けた襞に、いきなりのその動きを浴びせかけられて、身体が跳ね上がった。

「っぐ！　ふ。ふぁ、あ……っ」

入口から奥まで、張り出した先端で一気に突き上げられる。

あまりの刺激の強さに、歩はぎゅっと目を閉じた。

口の中の前田のものに、歯を立てずにいるだけで精一杯だ。

さらに襞をからみつかせながらバイブが抜けていき、間を空けず突き上げられる。真下から突き上げられているようだった。壊れてしまうのではないかと思うほどの強烈な動きを受け止めるたびに、全身がつらくて硬直した。

「ふ、……ぐ、ぐ……っ」

そのとき、前田が歩の頭を固定するために抱えこんだ。

ぐっと深くまでペニスを押しこまれて、その苦痛から逃れようと上げた視線が、前田と合った。

――どうする？　このまま続けるか？

そんなふうに尋ねられている気がした。嫌ならそれを前田に伝えればいい。そうすれば、きっと前田はバイブの動きを弱くしてくれるだろうし、口に突っこんだものを浅くしてくれる。拒絶することはできるはずだ。だが、深くまで前田に喉を犯されたかった。もっとひどくしてもらえば前田の特別な存在になれるのかもしれないと浅ましく考える気持ちも心のどこかにあって、だからこそ歩は視線をそらすことができない。

そんな歩を見て、前田は深く笑った。

「いい子だ。俺好みのエロさだな」

そんな言葉に心が震える。拒絶しなくてよかったという思いとともに、どう振る舞えば前田にもっと気に入ってもらえるのかと考える。また深くまで喉を犯された。

「……ぐ、ふ……」

吐き気がするほど深くされるのはつらいのに、それ以上の快感が生み出されていた。下肢もガンガンとバイブにピストンされて、そのたびに腰が揺れる。

「ん、ん、ん……っ」

深くまで突き上げられて身体が浮いたような感覚がした直後に、身体の奥からバイブが抜けていく。やっぱり歩は、抜かれるときの動きに弱い。その感覚に慣れなくて、どうしても襞に力がこもってしまう。

どちらか一方だけでも初心者の歩にとってはいっぱいいっぱいなのに、いきなり口と下肢を犯されるのはすごすぎた。深くまで喉にくわえこまされて、次のピストンがくることを忘れていた身体の奥にバイブの先端が突き刺さり、無防備だったところへの刺激に背筋が痺れる。次の準備もできていないうちに、また突き上げられた。

「……っ!」

ズン、とまたバイブに容赦なく突き上げられて、歩は前田のものをくわえこみながらうめいた。だが、次第に歩の身体は突き上げの中から濃密な快感を感じ取るようになっていた。

「……っふぁ、ん、ん」

からみつく襞から切っ先が抜き取られ、またズンと突き上げられる。ピストンの動きの仕組みは理解しているつもりだったが、そのカリの先で勢いよく体内をえぐりあげられるときの衝動に頭が灼ききれそうになる。

強すぎる快感を受け止めきれず、全身から力が抜けない。

「ぐ、……ぐ、ぐ……」

激しい快感が背筋を駆け上がるから、次第に口淫(こういん)どころではなくなった。だが、前田のもの

をおざなりにできない。褒められたい。歯を立てないように必死になり、歩は大きなものを無心になってしゃぶっていた。意識を分散させなければ、下肢からの責めにも耐えきれない。いつ終わるともなく激しいピストンを繰り返されて、くわえたものとの隙間から、だらだらと唾液があふれた。

生理的な涙と唾液で顔面がぐちゃぐちゃになり、意識が快楽に支配される。

ピストンに合わせて腰が動いていたが、それくらいではまるで律動は軽減できない。おそらく視線を上げて、前田に「止めて欲しい」と合図すれば、この行為に終わりは来るはずだ。それでも歩は目を伏せて、前田のものをしゃぶり続ける。前田に認められたかった。

「ぐ……、ふ……」

突き上げられるにつれて襞が馴染んで苦痛が薄れ、背筋をざわざわと快感が駆け抜けるようになる。気持ち良すぎて、余計に唾液があふれてきた。

だが、だんだんと中のバイブが位置を変え、先端が感じるところに近づいていくのを感じている。

それでもなすすべもなくいると、ついに強烈な悦楽が歩を襲った。

「……うぁ、ぐ、ぐ、ぐ……」

前立腺をバイブで強烈に擦りたてられる快感にガクガクと腰が震え、歩は我慢できずに前田に視線を向けた。

弱めてくれるとばかり思っていたのに、前田は歩の髪をそっとかき上げながら、淫らな言葉を送りこんできた。

「どうした？　イっちゃえよ、これで」

その言葉とともに、バイブの動きがさらに切り替えられた。

ピストンに強弱のある振動がくわわり、予測のできない動きに変化する。驚きに襞が大きく収縮した。これ以上の刺激には耐えられずに体内から押し出そうと襞が蠢動したが、T字帯で固定されているから外に出せるはずもない。

中をめちゃくちゃにかき回されて、太腿が痙攣してくる。気持ちいい以外のことが何もわからなくなって、前立腺が痺れるほどの悦楽に涙があふれた。

「ふ、……ぐ、……っぐ……」

「そろそろ、限界か？」

そんな言葉とともに、前田は歩の頭をつかみ直した。

「だけど、俺のを絞り取るまではこのままだ。上手にくわえて、イかせろ」

――前田を、……イか……せる……？

その命令に、歩は涙に濡れた目を見開いた。

自分の下手な口淫で、そんなことができるのだろうか。イクのにそんな条件が課せられるとは思わなかった。何もかも予想外だが、条件がつけられたことで前田との間の契約がより強固なものにされた気がして、無下に断ることができない。限度を超えた悦楽の中で、歩は前田のものを喉深くまでくわえこんでいく。

「ぐ……」

下手な歩の動きに任せているだけではなく、前田は歩の口と喉を道具代わりに使ってがんがんと腰を使ってきた。

喉深くまで前田のものが入ってくるたびに、その圧迫感にうめきが漏れた。上の口と下の口の感覚がつながり、体内全てを前田に占領されているような感覚さえする。

前田に頭を揺さぶられるたびに、できるだけ快感を与えられるように、動きに合わせて唇と舌をからみつかせた。

「……ん、……ぐ、ぐ……っふ……っ」

かつて味わった悦楽のどれよりも濃厚で刹那的な悦楽が、歩を満たしている。前田のものをくわえこみながら、バイブを締めつけての腰の動きも止まらない。自分の腹を内側からかき回す異物を吐き出したいのか、それとももっと奥まで引きこみたいのかわからないまま、ぎゅうぎゅうと締めつけてはいいところにあたるように腰を揺らす。

悦楽が脳を灼き、涙と唾液があふれた。

前田のものが唇や舌に与える弾力が心地よくて、美味しくすら感じられた。

「つぐ！　……はぁあ……っ」

ついに激しいスパークが身体を貫く。ペニスには全く触れられることなく、歩はただ後孔と口の刺激だけで絶頂に達していた。

吐き出す動きに合わせて、ビクビクと身体が痙攣する。前田のものをくわえこみながら、小刻みに口腔粘膜で刺激を送っていた。それが良かったのか、イクときの痙攣に合わせて前田も、その口の中で放った。

「……っ」

どくりと、口の中で前田のものが大きく脈打ち、その熱いどろりとした液体が喉の奥に流しこまれる。味わう余裕もなく、反射的に喉が動いて飲み下していた。達成感に放心していると、前田がそれを口から抜き出し、てのひらを差し出してきた。

「ほら。吐き出せ」

そう言われたことで、それは出すべきものなのだとわかる。だが、出せるものはない。

軽く首を振ると、前田は驚いたように眉を上げた。

「飲んだのか？」

聞かれて、急にいたたまれなくなる。

――やばかったかな。引かれる……？

耳まで熱くしながら、歩はただ呆然（ぼうぜん）と前田を見ていることしかできない。

〔四〕

——すごかったなぁ……。

歩の全身は、まだ痺れている。

疲れきってクタクタで、このまま布団に転がりこんで眠ってしまいたい気持ちが強かったが、身体を洗えと、前田にバスルームへと追いやられたのだ。

出しっぱなしのシャワーが頭上から降り注いでいたが、まだ身体の奥に何か挟まっているような感覚が消えない。そこにまだバイブが入っているようで、身体が落ち着かなかった。

だけど、体内から抜き出されたそれは、実感していたよりもずっと小振りだったのが歩にはショックだった。

——こんなんで、……俺、いつか、……あいつのを……入れることができるのかな。

前田のその大きな物で犯されたいと思い描いている自分に気づいたが、そんな日は来るのだろうか。意外とすぐそばに迫っている気がするし、一生、来ないような気もした。

だけど、きっと生身の男のそれは、バイブとは比較にならない何かをもたらすはずだ。

——だって、……くわえただけでも、……感じたから。

口腔粘膜で嫌というほど味わった芯のある硬さを思い描いただけで、身体がジンと痺れてくる。あの感覚を粘膜で味わったら、どんな快楽が生まれるのだろうか。

それ以上に、生身の男を受け入れることはもっと、生理的な違いを歩にもたらすような気がした。

――俺、……単なるお道具好きの、ノーマルな男のつもりでいたんだけど、前田のこと好きかも。

男相手に、自分が本気になるはずがない。それどころか、生身の人間相手にまともなお付き合いができるとは思っていなかったから、そんな選択肢は考慮に入れていなかった。だが、前田に身体をあれこれもてあそばれたことで、その気持ちをごまかせなくなっている。

いつか前田のものも受け入れてみたい気持ちがあったが、果たして前田にその気はあるのだろうか。

――もしかしてノーマル……なんてこと、ないよな？

歩の身体を、あれだけ道具でもてあそんだのだ。ノンケの男がすることとは思えない。だけど、歩自身には突っこまなかったし、くわえさせただけだ。

むしろあそこで止めたのが、ノンケの証拠であるような気もしてならない。

――人によって、ボーダーライン違うけど。目をつぶれば、男にしゃぶらせるのもＯＫとか、同級生の中で話してるヤツ、いたよな……。

あまり友達とワイ談などしてこなかった歩だが、休み時間などに耳に入ってきたこともある。

――別に、あいつがその気ないんなら、それでいいけどね。

一生、道具だけが恋人というシンプルライフを貫くつもりだった。なのに、前田が余計なことをしてくるから、淫らな感覚が身体から抜けない。

——あいつ、……恋人、いるのかな。

個人的な興味までこみあげてきて、歩はそれを懸命に振り切ろうとした。だが、身体をいじられている最中、何回か髪を撫でてくれたのが忘れられない。あんなたわいもないことなのに身体が熱くなって、心まで溶け落ちるみたいだった。

——あいつ、セックスに……慣れてる。

そんな前田が自分に手を出したのはどうしてなのか、知りたかった。

遊んでいるだけなのだろうか。

——そうだろうな。……きっと、そう……。

それ以上であるはずがない。

身のほどをわきまえろと、歩は自分に何度も言い聞かせる。

前田はとてもハンサムだし、身体つきも格好良い。男も女も目をつけないはずはない。スーツで決めてバーにでも行けば、女性を引っかけるのは簡単なはずだ。

——それに引き替え、俺は……。

だんだんと落ちこんできた。

今まで一度もモテた記憶がない。だから、前田から愛されるという予感も成り立たない。他人から必要以上に興味を抱かれたことがないからだ。

今まで歩が他人から必要とされたのは、テストの前のノートのコピー目当てのときぐらいだ。前田のことが気になればなるほど、それを表に出すのは負けな気がしてくる。むしろたわむれにいじってきたのは、歩が道具大好きで恋人など必要ないと豪語したせいじゃないだろうか。

――お道具ばっかで人肌の良さを知らない俺に、生身の良さを教えてやろうという思いあがり？

そう思うと、生身になびいた姿を見せるのは、完全に敗北だ。

そんなことをグルグルと考えすぎてのぼせそうになりながらもバスルームから出ると、前田が入れ替わりに入っていった。

すれ違うときに、何気なく肩に触れてくるのが小憎らしい。

それだけでも、触れられた肩から意識が離せなくなる。

前田を待つ間、歩はぼんやりしながら使った道具を綺麗に洗って、無心になって消毒していた。

時計を見上げれば、もうだいぶ遅い時刻だ。明日の予備校のことを考えれば、予習復習をして早く寝なければいけないころだろう。

――だけど、前田ともっと一緒にいたいな。

話もしたいし、ただ部屋にいてくれるだけでもいい。いっそ、泊まっていってはくれないだろうか。布団は一組しかないから、くっついて寝ればいい。

それに、前田に話さなければならないこともあった。

――どうする？　あの店でアルバイトを持ちかけられた話、する？

伝えたら、褒めてもらえるだろうか。それとも、余計なことをするなと怒られるだろうか。

前田がバスルームから出てくるのを待ちながら、歩は鞄の中からプリントアウトした紙を取り出した。そのときに、今日買ってきたばかりのローションを使わなかったことに気づいた。

――ピストンバイブが入らなかったのは、ローションのせいじゃ……なかったんだな。

一人ではどうしても入らなかったのに、前田にされたときにはいつものローションでも入った。中でバイブが蠢く感触が蘇るような気がして、歩はゾクッとすくみあがる。このローションを使ったら、もっと気持ちいいだろうか。

――そうじゃ……なくて。

だが、この紙を渡してアルバイトの件を洗いざらい話したら、前田はその捜査に集中して二度とここに来てくれないような気もした。おそらく、これは大きな手がかりだ。

歩ががんばってここまでこぎ着けたのにそれ以上は関わらせてもらえず、素人（しろうと）は手出しするなと叱られて、それでおしまいになる気もしてくる。

――どうしよう。

恋に臆病になっていた。歩は前田のことが好きになっていたが、おそらく前田はそうではない。だからこそ、次に会う理由は残しておかなければならない。

そんなふうに心を決めたとき、前田がバスルームから出てくる気配に気づいて、歩は慌てて紙を鞄の中に押しこんだ。

「おまえ、……風呂、綺麗にしてるのな。ピカピカだったぜ」

髪をタオルで拭きながら言われて、歩はどんな顔をしていいのかわからなくてうつむいた。

「あれくらい、普通」

「部屋片付いててすごいよな。男の一人暮らしって、もっと普通はぐちゃぐちゃだぜ」

「あ、あ、……あの、……あんたの部屋は、汚いの？」

独身？　と聞きたかったが、プライベートに踏みこんでしまうことへの狼狽に、歩の声は震える。風呂上がりの前田にちょうどいいだろうと発泡酒を出してみると、嬉しそうな顔をして開栓した。

「おまえ、以前、アダルトなお道具があれば恋人なんていらないって言ってたけど、あれは今も変わらないのか？」

あらためて問いかけられて、歩はやっぱりそうか、と絶句する。

前田に道具を使われて、それがどれだけ悦いのかわかった。一人でするよりも、前田にされたときのときめきときたらない。

——だけど、……だからって、何？

歩は内心でへそを曲げる。そんなからかうような目的でもなければ、こんなハンサムな男が自分のことをかまうはずがなかったのだ。

道具が恋人だったが、努力して生身の恋人ができるというのなら、歩だってそうしている。だけど、それはかなわない。今だってどうすれば前田に愛されるのか全くわからないし、愛される自信もない。

——おまえだって、ただ俺で遊んでいるだけだろ？

歩は前田に、すさんだ目を向ける。すねた顔をしているのが自覚できても、どうしようもなかった。

前田が生身の恋人になってくれるのならまだしも、そんな気はないはずだ。人生を謳歌している前田にとって、こんなふうに道具でしか欲望を解消できない歩は惨めで情けないものに見えるのかもしれない。

だからこそ、恋人でも作ったら？　と言いたいのだろう。

それでも、ないものねだりはしたくはなかった。夢は破れたときが、一番惨めだ。

勉強すれば着実に成績は上がるが、他人からの愛情という不確定で得体の知れないものなど望んでも空しいだけだ。

自分が前田と釣り合わないことぐらいわかっていたからこそ、歩は頑なに言い張るしかなかった。

「……生身よりも、お道具のほうがいい」

「何で？」

「付き合うとか、面倒くさい」

前田を前にすると、恋をしたときのときめきや、高揚感が理解できる。

だけど、歩は前田に愛される自信など欠片もなかった。ただ前田とは仕事上で関わっただけだし、近づくなと警告されたのを突っぱねてきたから、面倒な相手だと思われているだろう。

だからこそ、本気で恋して引けなくなる前にどうにかしたかった。

――そう。……だから。

愛されることなど、期待してはならない。歩は自分に言い聞かせる。

それでも前田の反応が気になってたまらなかったが、彼は納得したようにあごをしゃくった。

「そうか。おまえは他人と付き合うのが面倒くさいのか。残念だな。よく見れば可愛い顔してるし、あの陥没も可愛いのに」

――可愛い？

そんな前田の言葉に、歩は息を呑んだ。

だが、その真意を確認できないうちに続けられてしまう。

「――それで、あの店には何の用事があって近づいたんだ？」

「え？」

いきなりそこまで話が飛ぶとは思わなかった。歩がいつものアダルトショップで何をしていたのか、問われているのだ。

先ほどのプリントアウトした紙を差し出したら話は簡単だったが、今さら素直に話す気にはなれなかった。

「だから、ローションを買いに行っただけって言っただろ」

「そのローション、試せばよかったかな」

「古いのから使うから、まだ開封しないよ」

本当は使いたかったのに所帯じみたことを言うと、前田は楽しげに笑った。歩がこだわりもなく値段で選んだ安い発泡酒を、美味しそうに飲んでいる。

「まぁ、いいけど、危険には近づくなよ。あの店は、オーナーが特に危険だから」

「オーナー？」

「いつも店にいるだろ。こないだ、奥の部屋に案内してくれた茶髪の男。元ヤクザ」

「元ヤクザなの？　あの人」

歩に海外通販のアルバイトを持ちかけた、蟻ヶ崎という男のことだろう。気さくで人当たりが良さそうなタイプに見えていたが、あなどることはできないのかもしれない。マズいことに手を出してしまったような危機感を覚えたが、今さら実は、と話せることではなかった。

だからこそ、前田がうなずくのを待って、頑なに否定するしかなかった。

「けど、何もないよ。あそこは前から俺のテリトリーなだけ。品揃えがいいから、普通に使ってるんだし。せっかく常連扱いされるようになったのに、通わなかったら忘れられる」

言葉を重ねれば重ねるほど、嘘をついている罪悪感があって前田の顔が見られなくなる。

「そうか。――ごちそうさま」

発泡酒を飲み終わった前田が、のそりと立ち上がる気配があった。帰ってしまうのが名残惜しくて、歩はそちらを見る。

前田は名刺を取り出して、その裏に何か書きこんでいた。

「俺の携帯番号。――何かあったら、電話しろ」

歩は名刺に視線を落とす。

前に渡されたのと同じ名刺の裏に、携帯番号が手書きで記入されていた。

――何かあってからじゃないと、電話しちゃいけないのかな。

どういう意図で携帯番号を渡されたのか、悩む。だが、恋人扱いではないはずだ。

単に寂（さび）しいとか、勉強ばっかで疲れるとか、ご飯食べに行こうとか、そんな理由で前田に電話したかったが、そんな用件でかけたら怒られるだろう。

――するつもりもないけど。

用件のない電話はかけられないタイプだと、自分でもわかっている。面白みのない人間なのだ。

――俺が何かマズいことに手を突っこんでるって、……見抜いてるのかな。

そうとしか思えない。

それでも素直に話すことはできないままだ。

前田に心配されるのが、少しだけ嬉しかった。


それから、二週間が経過した。

歩はアダルトショップの店員から指定された海外通販サイトにアクセスして、言われた通りの品を通販する手続きをすぐに取った。

それが手元に届くまでに、十日から二週間かかるらしい。そろそろその小包が届くはずだと気にしていたのだが、日数いっぱいまでかかっているようだ。その間、勉強に集中して取り組むつもりだったのに、ふとした折に前田の記憶が蘇る。

特に自慰をしているときがそうだ。

前田に会いたくてたまらなくなることもあったが、用事がないから電話はかけられない。名刺を眺めすぎて、前田の携帯番号はすっかり暗記してしまった。スマートフォンの住所録にも記録して、いつでもかけられるようにしてある。

──あの小包が届いたら、すぐに電話しよう。

そう決めていた。

届いた小包を店に持っていったら、犯罪に加担することになる。前田に怒られるかもしれないが、そんなことはできないし、早く前田の声が聞きたい。

一日千秋（いちじつせんしゅう）の思いで海外通販が届くのを待っていると、ようやく待ちかねていたものが届いた。予備校に行っている間に不在票が入っていたのを自宅に再配達してもらって、配達員がそれを置いて去ったのは夕方だった、歩はドキドキしながら、前田に電話をかける。時刻は午後六時を過ぎていた。前田は今、どこでどんな仕事をしているのだろう。

『──どうした？』

そんなふうに応じた声を聞いただけで、歩の胸はきゅんと痺れた。この声が聞きたかった。どう説明しようかと、さんざん脳内でシミュレーションしてきたはずなのに、緊張のあまりそれらが全て頭から吹っ飛ぶ。

「あ。……あの、俺。わかる？」

『わかるよ。桜岡歩だろ』

忙しいのか少しぶっきらぼうに言われて、歩は少し傷ついた。

自分は前田と話せるチャンスが来るのをこんなにも心待ちにしていたのに、前田はそうではないのだろうか。

――わりと迷惑?

前田に恋人がいるのか、結婚しているのかすらわかってはいない。これは歩の一方的な片思いだ。

　自分が前田と話すのをここまで楽しみにしていたのを知られるのが急に悔しくなって、歩の口調は尖った。

「あのね。あんたに知らせることがあったから、仕方なく電話したの。あの店で、俺は常連だと認められて、海外のサイトで個人輸入するアルバイトを持ちかけられたんだ。もちろん、あやしいとわかってたから、あんたに知らせるつもりだったよ？　その海外からの小包が、今、届いたんだけど」

『すぐに行く。家か？』

　いきなり食いつかれて、歩は焦る。

「そう」

『小包には手を触れるな。開封するな、指紋つけるな』

　そう立て続けに強い口調で指示された後で、電話は切れた。

　──来るんだ？

　一瞬呆然としたが、前田の言葉にハッとして室内を見回した。普段から綺麗にしているつもりだったが、急にあちらこちらの汚れが気になって、掃除を始めずにはいられなくなった。

前回、前田が来たときにバスルームが綺麗だと褒めてくれたのだ。そう言ってくれた前田の、自分に対するイメージを崩してはならない。

前田が来るまで落ち着かなくて、どこもかしこも綺麗に磨き立ててから、歩は疲れて床に座った。

それから、もしかして前田が飲むかもしれないと気づいて、買い置きの缶ビールを二つ、慌てて冷蔵庫に入れた。前田のために、奮発したビールだ。

――これで、準備は大丈夫かな？

そうは思うが、そわそわする。

一人なら気楽にすごせるはずなのに、前田が来るというだけでこんなにも気疲れするとは思わなかった。

――やってられないよな？　忙しいのに。

前田は恋人というわけではないというのに知ったようなことを心の中でつぶやき、歩は一人でぼうっと頬を染める。

そのとき、部屋のチャイムが鳴った。

びくっと飛び上がってから急いでドアに向かい、途中でゴミ箱に足を引っかけて転んだ。慌ててゴミをかき集めてから鍵を開けると、そこにいたのは前田だ。顔を合わせるなり、いきなり言ってくる。

「小包は？」

「そこ」

ちゃぶ台の上に乗せてあった。

前田は歩を押しのけるようにして玄関から上がりこみ、ちゃぶ台の上の小包を見据えた。

手には、郵便局員が郵便物の回収に使うような頑丈そうな白い袋を携えている。

それを床に置いて手袋を装着しながらも、小包から目を離さない。

「——ったく、俺に内緒で余計なことをするなって言っただろ」

「教えてやったからいいだろ」

歩はふてくされることしかできない。

前田に会えたのが嬉しくてたまらないのに、いざ本人を前にするとどんな態度を取ったらいいのかまるでわからなくなっていた。

このような手がかりを入手したことで褒めてもらいたいのだが、前田からは緊張しか感じ取れない。

歩は準備してあった紙を、クリアファイルごと前田に差し出した。

「これ。あの蟻ヶ崎っていうオーナー？　から、……渡されたの。そこに丸つけてあるバイブ二つと、手枷一つ買えって。代金はカードで俺が払って、届いたこの小包を持っていけば、その品代にバイト代を五千円ほどくわえて支払われる仕組み。届いたらまずはその……蟻ヶ崎に電話して、段ボールごと開封せずに店に持ってくるように言われてる」

「開封せずに？」

「そう」

「何か、この箱の中に入ってるんだろうな」

前田は手袋をはめた手で歩が差し出したプリントアウトの紙を三枚確認してから、別にビニール袋を取り出してそこに入れる。それから、小包に視線を戻した。

「これも、回収させてもらうな」

「すぐに店に持ってこいって言われてるんだけど」

そろそろ到着期限だ。店にはあれから足を踏み入れていなかったが、一度蟻ヶ崎から電話がかかってきて、通販の手続きは済ませたのか、いつ注文したのか、問い合わせがあった。それには正直に答えている。そろそろ届くころだと、蟻ヶ崎にもわかっているだろう。

「調べたら、すぐに戻す。まだ届いていないことにすればいい」

「わかったけど、すぐに戻してね」

「これの支払いとか、領収証とかは？」

「インボイスが中に同封されてるはず。通販のときの確認メールは、プリントアウトして、クリアファイルに入れてある。通販料金は、全部で一万円ぐらい。それって、警察で払ってくれる？」

心配になって聞くと、前田は柔らかく笑った。再会してから厳しい顔をしていた前田が、初めて笑顔を見せてくれたことに、歩はホッとする。

「大丈夫だ。万が一、警察の経費ででなかった場合は、俺がやる」

前田はもう一つ渡したクリアファイルの中にその紙が入っているのか確認してから、持参した袋に小包を回収した。

このまま新宿西署に小包ごと運んで、指紋や中身を調べるのだろうか。この小包に何が隠されているのか、歩は気になってたまらない。

「あの店に、どんな嫌疑がかけられてるの？　関税の徴収逃れ？　それとも麻薬とか、日本に持ちこんではいけない武器とか、精密機器関連？　何らかの組織犯罪がらみ？」

司法試験に合格したら弁護士になって、刑事事件にも関わりたいと思っていた。

ここまで調査に協力したのだから、少しは教えてくれてもいい気がする。

だが、前田は何も答えないまま、玄関に向かう。その態度にすねながら見送ると、前田は靴を履いたところで振り返った。歩の頭にそっと手を乗せる。

それだけで、ひどくドキリとした。子供扱いされている気がして悔しいのに、触れられただけで胸がいっぱいになる。じっと前田を見つめてしまう。

「全部済んだら、……このご褒美をやらないとな？」

かすかにかすれた甘い声が性的な響きを孕（はら）んでいる気がして、鼓動が高鳴った。

ご褒美とは、どんなことだろうか。エロいことでもいいが、そうじゃなくてもいい。単に前田と一緒にビールを飲むだけでもよかった。

すぐに戻ると言う前田を、玄関から見送る。すぐというのは何時間なのか、それとも明日のことなのか、歩には見当がつかない。

――でも、ご褒美くれるって。

前田が何かしてくれるんだと思うと、それだけで期待に胸が熱くなる。

そわそわと落ち着かないまま二時間ほどを過ごし、前田が戻ってくるのを待ち詫びながら、一人でわびしく夕食を済ませたときに携帯が鳴った。

歩は飛び上がって、携帯を手にする。だが、表示されていたのは前田の携帯番号ではなかった。

――誰だろう？

不思議に思いながらも、無視できずに電話に出る。

『――届いたんだろ？』

いきなりそんなふうに切り出された。

「え？」

『小包。届いたら、すぐに店に持ってくる約束だけど』

その声と内容によって、あのアダルトショップのオーナーの蟻ヶ崎だとようやくわかる。

歩からは何も連絡を入れていなかったというのに、どうして到着を知ったのだろうか。

前田からまだ何の連絡もなかったので、時間を稼ぐ必要があった。

「あの、……まだ届いてなくて」

『嘘言うなよ。おまえのところに小包が届いたら、俺のところにリアルタイムで連絡が来る仕組みになってんの。すぐに店に持ってこいよ。そういう約束だっただろ』

電話で聞く蟻ヶ崎の声は、いつもよりずっと押しが強い。

店では人当たりがよく丁寧に見えていたのだが、こちらが客には見せない素顔なのかもしれない。

宅配便や小包で、差出人に無事配送されたことをメールで知らせる仕組みはあった。その類(たぐい)のサービスで、彼は歩のもとに小包が届いたのを即座に知ったのだろうか。

だが、手元に小包がないのだから、すぐに行くと答えられない。

「あ、でしたら、俺の同居人とかが、小包受け取ったのかもしれないです。あの、俺、今、別のところにいて……。今日はちょっと用事があって、家に帰るのが遅くなるので、届けるのは明日になるかもしれないんです。すみません」

『すぐに届けるって約束だっただろ、てめえ』

蟻ヶ崎の声に、恫喝(どうかつ)の響きがこもる。店では怖い部分を出さなかっただけに、その豹変(ひょうへん)ぶりにゾッとした。前田が彼のことを元ヤクザだと言っていたが、本当なのかもしれない。

「あの、すみません、明日、絶対に届けますから」

言い訳は得意ではなかったから、歩はそう言い捨てるなり電話を切った。切った直後に、また同じ番号からかかってくる。だから、慌てて電源を落とした。

――ヤバい。

本気で怒っているのだろうか。

五分ぐらいは携帯をつかんで息をひそめていたが、電源を落としてしまったら前田からの連絡も受けられなくなると気づいて、おそるおそる電源を戻した。着信がいくつかあったが、電話は鳴らない。蟻ヶ崎は諦めてくれたのかもしれない。

これからは、前田からの電話だけ選んで出ればいい。

歩は落ち着かない気分のまま、予備校の予習と復習の続きに戻った。

成績はいつでもトップだったが、万全を期しておきたい。それに勉強しておかないと、記憶は次々とこぼれ落ちていく。

勉強に没頭してどれだけ経ったかわからないころ、部屋のインターホンが鳴った。

――あっ、前田かな？

彼以外に直接訪ねてくる人間など思い当たらず、歩は大急ぎで立ち上がって玄関に向かった。

「はいはい。……すぐに、開けるから」

相手を確認することなくドアを開け放った途端、歩は固まった。そこにいたのは前田ではなく、蟻ヶ崎だったからだ。一人ではなく、ガタイのいい黒服の男を一人、お供につけている。

「小包は？」

頭ごなしに聞かれて、歩は狼狽する。まさか直接家に訪ねてこられるとは思わなかった。とっさに言い訳も思いつかない。

ドアを閉じて立てこもろうにも、蟻ヶ崎は素早くドアとの間に足をねじこんでいた。どうにか、この場を取り繕わなければならない。

「あの。……俺、今帰ってきたところで、小包は友人が受け取って、帰ってて」

「どこにあるんだよ？　まさか、てめえあての小包を持って、その友人とやらが消えるのか？　車で来てるから、その友人とやらの家まで行ってもかまわねえが」

蟻ヶ崎は今までとは口調も表情も違う。

歩を突き飛ばすようにして玄関に入りこみ、靴のまま部屋に上がりこんだ。前田が来るから、フローリングの床まで綺麗に拭き掃除をした直後だというのに。

「靴！　靴脱いでください」

頑張って抗議してみたが、蟻ヶ崎は聞き入れる様子もなく、部屋を見回した後で歩の襟元をつかんで締め上げた。

「小包はどこだよ？」

室内は綺麗に整理整頓されていたから、物陰になっているところはそう多くはない。蟻ヶ崎が歩を詰問している間に、もう一人のガタイのいい男が乱暴に家捜しを始める。

その男も土足のままだ。歩は泣きたくなってきた。

「早く出て行けよ！　住居侵入罪で訴えることもできるんだぞ」

内容ほど声に勢いはこめられない。

蟻ヶ崎は笑って、歩を嬲るように頬を平手で引っぱたいた。

「ゴタク並べるんじゃねえよ。おまえ、法律の勉強してんのか。その手の本がいっぱいだな。頭がいいやつにかぎって変態が多いって聞くけど、そのクチ？」

「何もありませんね」

家捜ししていた男が言うと、蟻ヶ崎は歩の首を締め上げていた手に力をこめた。

「だったら、ちょっと来てもらおうか。その友人とやらの家まで案内しろ」

「えっ。その友人も、……仕事で留守しているかもしれなくて」

「とっとと渡さねえと、痛い目見るぞ？」

恫喝する蟻ヶ崎の目の光は、まともな人のものとは思えなかった。それですっかり怖じ気づいた歩は、抵抗しきれずに部屋から連れ出される。

このまま連れていかれたら、余計に困った事態になることはわかっていた。だが、男二人に挟みこまれ、少しでも足を止めようとすると小突き回されるような状況では、どうにもならない。

焦りと恐怖にパニックになっていたのだが、マンションの前に堂々と停められていたワゴン車の中に引きずりこまれ、車が走りだした途端、歩は何か非常にまずい事態になったことを理解した。

ワゴン車の真ん中の列に歩を押しこめてから蟻ヶ崎が乗りこみ、運転はガタイのいい男が担当する。

横に座った蟻ヶ崎が、歩にあらためて詰問してきた。

「で、その友人とやらの家はどこだ？」

「知りません」

前田のことを話すわけにはいかない。だが、そう言った途端に、歩は頬を容赦のない力で引っぱたかれた。

強い衝撃が脳を揺さぶり、一瞬遅れて、火傷（やけど）したような痛みが頬に広がる。痛みは引くことなく、ジンジンと貼りついたままになる。またいつでも殴れるのだと言わんばかりに手を振り上げたまま、蟻ヶ崎が詰問した。

「もう一度聞こうか。友人というのは誰だ？　どこにいる」

「知り……ま……せん」

殴られる恐怖に、声が震えた。

また殴られると覚悟して身体を硬直させたが間に合わず、今度は反対側の頬を張られる。さらに前髪を容赦なく引っ張られ、歩は涙目になった。

それでも、前田のことは話せない。

そもそも前田がどこにいるのか、歩にもわからないのだ。新宿西署の刑事だから、署に戻ったのだろうか。だが、刑事とつるんでいると知られたら、自分の身はより危険になる気もする。そのあたりの見極めがつかない。

さらに歩は頭をつかまれて、車のドアに強く打ちつけられた。

「……っ」

「あの男か？　おまえと一緒に店に来た、あのハンサムに義理立てしてんの？　あんなのよりも、俺のほうがいいだろ」

――何、……言ってんの、この人。

ドアに押しつけられた顔が歪む。そんな歩を見ながら、蟻ヶ崎がサディスティックな笑みを浮かべた。

「話せるようになるまで、この身体に聞いてやってもいいぜ。おまえ、ちゃんとしたご主人様に、仕えたことがないだろ。ただのバイブでも、使いようによっては地獄も天国も味わうことができる。そのことを、この身体に教えてやろうか」

「また、悪い癖が出た」

運転していた男が、混ぜっ返すようにつぶやく。

それを気にすることなく、蟻ヶ崎は横柄(おうへい)に命じた。

「店に向かえ。倉庫のほうだ」

そう言って、蟻ヶ崎は歩から手を離して車のシートにふんぞり返った。

「何をする……つもりなんです？」

とりあえず詰問から逃れられたようだが、自分の危機はまだ去っていないような気がする。

バイブで天国と地獄を味わわせると言ってきたのは、本気だろうか。こんな男に妙なことをされるぐらいなら、殴る蹴るの暴行をされたほうがまだマシだ。

——いや、……殴るのも、……蹴るのもされたくない……けど。

歩が通っていたのは進学校だったから、まともに拳で勝負をつけるような経験などなく育ってきた。

自分の持っている法律知識でどうにか立ち向かえないかと必死になって考えてみたものの、今の行為が誘拐や監禁罪にあたると指摘してみたところで、このような男たちが改心するとは思えない。

——だったら、どうすれば……いい……？

唯一の頼みの綱である携帯電話も、部屋に残されたままだ。助けが来るとしたら前田しか考えられないが、彼は自分のこの危機を察してくれるだろうか。

ワゴン車はほどなく、新宿のとある雑居ビルの前で停まった。繁華街とは少し離れたところだ。もう真夜中近い時刻だから路上に人影はなく、街灯だけが道を照らしている。

ワゴン車の横開きのドアから、蟻ヶ崎が先に降りた。今がチャンスかもしれないと思って、歩は蟻ヶ崎の横をすり抜けて逃げだそうとしたが、いきなり足に衝撃が走ったと思いきや、歩は路上で浮いていた。

――え？

次の瞬間、地面に叩きつけられる。蟻ヶ崎に足をすくわれたらしい。胸を打った衝撃に動けずにいると、その身体を反転させられ、さらにみぞおちを蹴りあげられる。

「……っ」

あまりの痛みに、歩は地面でのたうち回る。立ち上がることもできない。そんな身体を、蟻ヶ崎ともう一人の男に左右から支えられてビルの中に連れこまれていくのがわかったが、まるで抵抗できなかった。痛みに耐えるだけで精一杯だ。

エレベーターで地下まで運ばれ、段ボールが積み上がった倉庫らしき部屋の床に投げ出された。

ようやく痛みが薄れてきたので、歩はどうにか膝をつき、顔を上げた。何かひどくヤバイ状況に、自分が追いこまれたような気がしてならない。だけど身体を丸めずにはいられず、逆らう気力を根こそぎ奪われている。

それでも逃げなければいけないと、痛みをこらえて立ち上がろうとした。だが、蟻ヶ崎が近づいてきたと思うなり、防御の体勢も取れずにまたみぞおちを蹴り飛ばされていた。

「ぐ、ふ」

新たな痛みのために、まともに呼吸ができない。胃液が逆流して、吐かずにいるだけで精一杯だった。上体を丸めて地面に転がった歩の身体の上と下から手が伸びてきて、服を剥ぎ取られそうになる。

——や、……ダメだ、何……っ！

歩が着ていたのは部屋着のスエットの上下だ。上を脱がされそうになるのを必死になって阻止しようとすると、無防備になった下を引きずり下ろされそうになる。それに気を取られていると、今度は上が脱がされる。二人相手だと、防御しきれない。

みぞおちが痛む中でも必死になってあがいたが、その甲斐なく上下ともに脱がされ、下着まで剝ぎ取られる。コンクリート打ちっぱなしの床は冷たくて、ぞくぞくと鳥肌が立った。下手にあがくと、ざらざらの床で擦り傷だらけになりそうだ。

「んじゃ、こっちに移すか。こないだ、設置しといたのが役に立ったな」

裸にされてから上下から手足をつかまれて引きずられていったのは、段ボールに囲まれた一角にあったスペースだ。床には防水シートが敷かれていて、その上に頑丈な鋼鉄製のベッドが置かれている。その四隅には、いかつい枷が取りつけてあって、見ただけでこれがヤバイものだとわかった。

エロい目的というよりも、拷問とかそちら系のものに見えてならない。恐怖のあまり、歩の目は見開かれる。

だが、歩は抵抗の甲斐なく、そのベッドに載せられてしまう。そんな歩を見下ろして、蟻ヶ崎がしたたかに笑った。

「こちら用じゃないんでね。少し前に別の誰かが、他の用事で使ったみたいだよ。血の染みが落ちなくなってる」

——血の染み……！

ぞっとして跳ね起きようにも、それよりも先に胴体を太いバンドでパチンととめられてしまった。起き上がることもできなくなった歩の手足を、それぞれが担当して一カ所ずつ枷で固定していく。

「何をする……つもり……なんですか」

怖くてたまらなかった。全裸にされた目的もわからないし、それ以上に心細くてならない。

「俺、……海外通販した……だけ……ですよね……っ」

それが、切り刻まれて、殺されるような事態につながるようなことだろうか。恐怖に全身が固まり、寒さのせいもあって鳥肌が立ったままだ。両手両足を大の字に鋼鉄製のベッドにつながれてしまうと、身動きもままならない。ベッドのどこかから鉄の匂いがした。ここに拘束された誰かは、殺されたのだろうか。

蟻ヶ崎は歩を拘束してから、周りにあった段ボールをごそごそと漁りはじめた。

「うちさ、世界中からグッズを仕入れてんの。今日はここで、それらを検品しようかな。新しい製品も入ってきてるから、その動作確認もしなくちゃならない。耐久テストも必要だな。途中でモーターが灼ききれるような粗悪品が混じってないか、確かめないと」

モーターの過負荷によって配線が灼ききれ、使っていた人が火傷を負った、というバイブの事故の記事を、歩は読んだことがある。そんな目に遭(あ)わされるのかもしれないと考えただけで、震えてくる。身体の内側から、火傷させられるのだろうか。

何も前田に義理立てする必要はない。そんなふうにそのかす声が聞こえた。今は、自分の身の安全を第一に考えるべきだ。葛藤(かっとう)しながら、歩は交渉しようと精一杯声を押し出す。

「小包をどうしたか、……教えたら、……この先のことは、……なしにしていただけますか？」

声は震えているし、露出された性器は力なく縮こまっている。

切り刻まれて殺されることを考えたら、今のうちに全部白状したほうがいい。

前田は小包を持って消え、後ほど戻ってくると言ったが、こんなふうに場所を移動させられてしまったら、ここをすぐに探り当てられるとは思えない。今夜中に小包を返しに来てくれたとしても、チャイムを鳴らして返事がなければ、寝ていると判断されて帰宅するかもしれない。

――鍵、……俺、家の鍵、……どうしたっけ？

強引に連れ出されたから、施錠はしていないはずだ。

空っぽになった部屋と荒らされた様子から、前田は異変を感じ取ってくれるだろうか。

だが、どのみち前田の助けは期待できず、歩はここから自力で逃れる方法を考えるしかなかった。

「小包を、……どうしたんだ?」

聞かれて、歩はカラカラになった唇を湿した。

「あいつが……」

「あいつ?」

咎(とが)めるように、蟻ヶ崎が繰り返す。

歩は声を振り絞った。泣きそうなほど心細い。恐怖と寒さに、全身の震えが止まらなくなっていた。

「前田って、……言うんですけど、前に、一緒に奥の部屋を使わせてもらったヤツです。あいつが、……勝手に、小包の箱開けて、持ってっちゃって」

「箱ごとか?」

確認するように尋ねられ、歩はうなずいた。

やたらと箱を気にしているのが気になる。あの箱に、何かが隠されているのだろうか。

真っ白になりそうな頭で、歩は知恵を振り絞った。

「あいつ、俺以外に、……ああいう道具で……遊ぶ相手がいるん……です。俺が……通販したときも、……勝手に箱開けて、……俺に使う前に、……他のヤツに使ったりして……、あいつ、そういう……サドで……」

頑張ったのに、しょうもない嘘しか思いつかない自分の情けなさに、歩の目には涙がにじむ。

だが、その涙がそれなりの信憑性を蟻ヶ崎には与えたらしい。

「楽しいお遊びしてんな」

「すぐに……戻れと……言いますから、……携帯、貸してくれたら」

前田の携帯番号は覚えている。電話さえすることができたら、この事態を察知してくれるかもしれない。

だが、歩のあごを、鋼鉄製のベッドの横に立った蟻ヶ崎が上からつかんだ。

「おまえ、俺に乗り換えないか」

「はぁ？」

いきなり、どういうことなのだろうか。

「お道具が好きなら、それでいっぱい遊んでやる。店に通ってたのを見ていたときから、おまえのおずおずとした、イモっぽいところが好みだと思ってた。趣味は合うと思うぜ。本格的に、縄で縛られてみないか」

——縄で……！

その言葉に、歩は一瞬だけそそられた。

縄でギチギチ芸術的に縛られるのは、憧れのシチュエーションではある。一人では、さすがに縄で縛るのは無理だ。

だが、そんな誘惑に駆られた自分を、歩は心の中で叱りつけた。

――ダメだダメだ、ダメ……！

前田と知り合う前だったら、まだそんな話に乗せられる余地は残されていたかもしれない。だけど、前田のことを考えただけで胸が熱くなって涙がにじみそうなほど好きになってしまった今となっては、他に乗り換えることなど考えられない。

「ダメ……です。あいつ。……俺の、……ご主人様……だから」

声は自分でも感心するほど、切実に響いた。

そんな契約など、一度もかわしたことはない。その場しのぎの嘘でしかなかったが、口にしたことでまるで自分が前田の恋人になれたような錯覚に陥る。前田にそんな気持ちは欠片もないはずだが、それでも一方的に好きだと思う気持ちは止められない。

他の誰かに心を移すなんてあり得ない。

だが、蟻ヶ崎は心得顔でうなずいた。

「そいつに対する義理があるんだろ？　その気持ちはわからなくもねえぜ。けど、届いた道具を他で使ってからおまえに使うなんて、ろくなヤツじゃねえ。そういう意味でも飼い馴らされてるんだろうけど、本気で心を誓ってはダメだ」

わりと蟻ヶ崎がまともなことを言い出すことに、歩は驚いた。

目をみはった歩の前で、蟻ヶ崎はパッケージに入ったままのバイブを得意げに取り出した。

「俺がおまえに使うのは、動作確認をしただけの新品だ……！」

だが、自慢気に当たり前のことを主張されたことで、歩の気持ちは瞬時に萎えた。

——ダメだ、この人……。

蟻ヶ崎はパッケージを破って、中からピンクローターを引っ張りだす。

「このローターだが、どこにでもある、ありふれた品に見えるだろ。だけど、これも使いようによっては、とても優秀な責めができる。どうするのか知ってるか？」

普通に肌に押しつけられただけでも、歩はぞくぞくする。だけど、どこか物足りない感覚は、確かにあった。乳首はローターよりも、直接指で嬲られたほうが気持ち良い。そんな気持ちがどこかに存在していたのだ。

「知りま……せんけど」

蟻ヶ崎は歩の胸元に視線を落とし、左の乳首が陥没しているのに気づいて、納得顔でうなずいた。

「なるほど。おまえと彼氏が乳首吸引具に興味を示していたのは、このせいか。あの道具は効いたか？」

「効きました……けど」

「俺、席外していいかな」

運転手をしていた屈強な男は同性を嬲る趣味はなかったらしく、困惑気味に口を挟んでくる。

蟻ヶ崎がうなずくなりどこかに行ってくれたので、歩はホッとした。こんなふうにしっかり拘束されているから、逃げられないことに変わりはない。だが、ギャラリーが一人減ったことで、心理的な負担はだいぶ違う。

「陥没を外に引っ張りだすのは後にして、まずはローターの使いかたからだな。ローターを二本の指でつまむ。それから、電源を入れる。すると、ローターの振動が直接指に伝わる。その指で乳首をつまんだら、……こうだ」

蟻ヶ崎が喋りながら実演し、歩の右の乳首をつまんできた。振動が指から伝わってくる。ローターを押しつけられて無機質に振動させられるのとは違い、指を介してそんなふうに振動させられることで、異様にゾクゾクした。

「……っ」

つままれた部分から身体の芯まで流れこんでいく切ないような快感に、腰が落ち着かなくなる。胴体部分を革ベルトで拘束されているからあまり身じろぎできなかったが、すごいスピードで乳首をぷるぷると震わされると、歩はその刺激に歯を食い縛らずにはいられなかった。

――これ、……すごい……。

さすがは、アダルトショップのオーナーだ。歩が知らない方法まで熟知している。

だが、前田に密かに心を捧げた歩にとって、その気もない相手に身体を嬲られるのは屈辱でしかない。

こんなふうに拘束されて好きでもない男のなすがままにされるしかないという絶望的な状況を妄想して、自慰したことも確かにあった。だけど、現実と妄想はまるで違っていた。

——嫌だ、……助け……て……。

嫌悪感がすごい。その気もないのに身体だけ昂らされることに、心が引き裂かれそうだ。

「さらに軽くローションを垂らせば、もっと感じるだろう？」

蟻ヶ崎は歩の乳首をつまむ指先に、ローションを滴らせた。その言葉の通り、ぬめりがくわわったことで余計に繊細な刺激から逃れきれなくなる。背筋までぞくぞくと、痺れていく。

「指先で触れられている感触を、さらに増幅させることができるのが、このラテックス製の指サックだ。指につけて、このいやらしい乳首を嬲ってもいいのだけど、これをローターにつけると、また違った振動になる」

説明しながら、蟻ヶ崎は一度ローターを外して、そのピンク色の楕円形のものに指サックを装着する。歩も店に並べられていたそれを、触ったことがあった。ねっとりと肌に吸いつくような感触とともに、サックについたイボ状の突起や無数のブラシが、指とはまるで違う刺激を与えるものだ。

「……ぁ、……ぁ、ああ……あ……あ……っ」

そのサックをつけたローターを乳首に押しつけられただけで、複雑な甘い振動が突き抜けた。ローターであまり感じなかったのは、あのつるりとした無機質の表面のせいだったのかもしれないと、今さらながらに身体で思い知らされる。

だが、ねばりつくようなシリコンの表面に乳首を小刻みに揺さぶられて、そこから快感が広がっていく。声が止まらなくなり、ペニスがジンと痺れた。

こんな男に嬲られて勃つなんてあり得ないのに、否応なしに送りこまれる快感は遮断できない。

右の乳首をそれで振動させられているだけで、身体の奥が溶けだすようだった。どくどくとペニスに、血が流れこんでいくのが自覚できる。

「乳首だけで、これか」

それが形を変えているのが見て取れたのか、蟻ヶ崎が満足そうに笑った。

大の字に固定されているから、股間は丸見えだ。不本意すぎる状態だというのに、こんなにも硬くしているのが自分でも信じられなかった。

蟻ヶ崎は右の乳首に、サックつきのローターを医療用のテープで慎重に固定した。そうされると、絶え間なく乳首に襲いかかる刺激から逃れることができない。

「……っぁ、あ、あ……っ」

断つことができなくなった快感に、歩はもがくように首を振った。

こんなふうに身体が心を裏切って暴走しはじめているのが、苦しくてたまらない。感じないようにしたいのに、さんざん道具で開発してきた身体は、刺激を受ければぞくぞくと快感を蓄積せずにはいられない。

「く……っ」

「こっちの陥没乳首は、どうやって外に引っ張りだそうか。――ああ、そういえば、いいアイテムがあったな」

ごそごそと、段ボールの中を漁った蟻ヶ崎が取り出したのは、肌色をしたシリコン製らしい何かだった。

「これ、何だかわかる？」

突きつけられたのは、肌色をして、その中心部がぽつりと尖った不思議な形をした小さな物体だった。右乳首へのシリコンの責めに耐えながら、歩は次に何をされるのか怖くてそれを凝視する。

――え？　これって何？　乳首っぽい……？

とても精巧な、小さな乳首に見える。男性のものと女性のものとは乳首の大きさがだいぶ違うから、小さなそれは男性用ではないだろうか。

「つけ乳首だ。欧米では、ツンとした乳首が、可愛くてキュート、という認識みたいだな。ドレスアップのときなどにつけるおしゃれとして、密かに愛用されているらしいが。――普通ならそれは、胸に貼る部分は平らになっていて、それを貼りつける。だけど、これは陥没乳首用だ。中に引っかけて、外れないように安全に固定できる。サイズが合うかどうか、まずは試してみようか。うまく合うと、いくら引っ張っても外れなくなる」

そんなふうに言いながら、蟻ヶ崎は歩の左の乳首のへこみに、つけ乳首の根元にある小さなくさび形のパーツを押しこんできた。最初はへこみが狭すぎてはまらないと思ったが、力をくわえるときゅっとはまりこむ。

その状態で引っ張ると、中が真空に近い状態になっているのか、皮膚が引っ張られるだけで抜け落ちることはない。

「ああ。やっぱり、ちょうどいいサイズ感だな。お客様に頼まれて特別に取り寄せたものだったけど、ちょうどいい」

「その……お客様に、……怒られます……よ……」

「またすぐに、手配し直せばいい。今は、この乳首を嬲ることのほうが先決だ。陥没に巡り会えることなど、滅多にないからな」

蟻ヶ崎はそのつけ乳首をつかんで、興味津々といった様子で軽く動かしてくる。皮膚の中に隠れた敏感な部分に無理やり栓をされたような状態だから、動かされただけでもそれがひどく陥没した部分を刺激した。

右乳首をローターで振動させられ、反対側もこんなふうに刺激されるのはたまらない。両方の乳首からの刺激にびくびくと震えていると、指で嬲るのに飽きたらしい蟻ヶ崎が、新たなローターをパッケージから取り出した。

「このつけ乳首越しに、振動させてみたらどうなるかな」

実験のように楽しげに、ローターを押しつけられた。

そこに装着されているつけ乳首によって、振動が遮断されてあまり感じなくなって欲しいと歩は願った。だが、ぴたりとへこみにはまりこんだつけ乳首は、逆に振動を余すことなく、まだ皮膚の中に隠れている敏感な部分に伝えてくる役目を果たす。

痛みまじりの愉悦がその敏感な一点からせり上がり、歩は拘束されたままのけぞってビクビクと震えた。

「……ぁ、あ、あ、あ……っ」

「乳首をちょっと嬲ってやっただけで、これか」

蟻ヶ崎はくすくすと笑いながら、左乳首にも医療用のテープでローターを固定した。そんなふうにされると、左右の乳首は振動から逃れることができない。しかも、ローターは別々のメーカーのものを使ったらしく、均等な刺激ではなかった。じっとしていることができないほど、乳首から送りこまれる熱はぐずぐずと腰を溶かし、全身がおかしくなっていく。

「……っく……っ」

乳首をそんなふうに嬲られているだけで、歩は早くもイキそうなほど追い詰められていた。

吐き出す息がひどく熱い。ガチガチに張り詰めたペニスをなぞられて、その異様な感覚に慌てて首を振った。

——いや、だ……っ！

手はすぐにそこから離れ、後孔まで伸びていく。その内部に指を押しこまれて、その異様な感覚に息が一瞬止まった。

内臓に近い、敏感な部分だ。そこを、そんなふうにろくに知らない男に嬲られるのは抵抗があった。

だが、乳首から絶えず送りこまれる快感のせいで、中をかき回す指の存在が心地よく感じられてならない。ローションを流しこむほど、たっぷり使われているせいもあるのだろう。自分のそこが自然と潤っているかのように感じられるほどなめらかに動く指の感触に、太腿がひくついてきた。

蟻ヶ崎の指は中をまんべんなく探っていく。不快に思いながらも耐えるしかなかったとき、その指先がひどく感じるところに触れた。

「……うぁ！」

何かを考えるよりも先に声が上がり、身体が跳ね上がる。

「ここか」

蟻ヶ崎は反応を見せたところに指の腹を押しつけ、ぐりぐりと集中的に嬲ってきた。指が蠢くたびに、歩は反応せずにはいられない。

拘束されていて足を動かせないだけに、その攻撃からは逃れようがない。動けずにいると、指の動きをよりリアルに感じてしまう。

かき回されるたびに息を呑み、指を締めつけずにはいられなくなったころ、蟻ヶ崎は指を抜き取った。

「そろそろ、もっと大きなものを入れても大丈夫かな。何か、リクエストある？」

聞かれて、歩はハッとして首を振った。こんな行為など受け入れてはいけないはずなのに、身体が勝手に暴走してイク寸前まで追い詰められているのが不本意でならない。

歩の頑なな態度に、蟻ヶ崎はニヤニヤと笑った。

「だったら、俺が選ぶか。何がいいかな。こないだはピストン型とか買っていったぐらいだから慣れているのかと思いきや、わりと狭いね。大きすぎるのを無理やりねじこむのは、つらいかな。それとも、その無理やり感のほうが好き？」

段ボールの間を渡り歩いてから、何かを選んで戻ってくる。

パッケージから取り出したのは、銀色をしたいかにもメタルっぽいバイブだった。その大きさが一般的なものよりも小振りだったことに、歩は少しだけホッとする。

だが、ローションまみれにされたその先端が括約筋に押し当てられた途端、その冷たさにぞっと鳥肌を立てずにはいられなかった。

「いや……だ」

ひどく怯えた声が出る。だが、蟻ヶ崎は愉悦の色を濃くするばかりだった。

「こんなの、初めてだろ。……忘れられない体験にしてやるよ」

歩の顔をのぞきこみながら、そう言い放つ蟻ヶ崎の目は異様な熱気を孕んでいる。

そもそも蟻ヶ崎が歩をこんなふうに拉致監禁したのは、小包を取り戻すためだったはずだ。

だが、その目的よりも、この男は歩を嬲ることのほうに楽しみを見いだしているようだ。

それとも歩を快感で篭絡して、何でも喋らせる奴隷にしようとしているのだろうか。

ぐっと蟻ヶ崎の手に力がこめられ、硬い冷たい金属が括約筋をこじ開けて入りこんでくる。

異物感とともに、ずっしりとした重みと痺れが身体の中心を占領していく。

「……っぁ、あ、あ……」

こんな状態で感じるはずがないのに、襞が勝手にひくんひくんと蠢いた。

「おや。もっとくわえこもうとしてるみたいだな」

――違う……！　これは、……気持ち悪い……からだ……。

慣れない感触を、身体が受け止めきれずにひどい拒絶感があった。

バイブを無理やり深くまで押しこめながら台に上ってきた蟻ヶ崎が、真上から歩の顔をのぞきこんだ。

「イクか？　こんなバイブで、イっちゃうか？」

AV男優でもしたことがあるのか、蟻ヶ崎のセリフはどこか陳腐だ。

だが、冷たさとともにぞくぞくと広がっていく違和感は次第に快感をもたらしつつあった。ぞくぞくと性感がかき立てられて、歩は歯を食い縛った。

こんなバイブにイかされたくない。

感じていいのは、前田にされたときだけだ。

だが、前田のことを考えたことで体内で快感が生み出される。

――これが、前田だったら……。

逃避のように、そんなことを頭の中で思い描いてしまう。途端に前田にされているような錯覚が生み出され、息が乱れはじめる。

「……ん、……ぁ、あ、あ……」

ゆっくりと抜き差しされて、その淫らな形をした金属がもたらす感覚に歩は震えるしかなかった。

――これ、なんか、他のバイブと……違う……。

ぬるりとして引っかかりが少ないのだが、なめらかな金属の側面が意外なほど快感を引き立てる。乳首から絶え間なく送りこまれる振動が下肢の悦楽をいっそう増幅し、下肢が悦楽に溶けていく。

前田のことを考えれば考えるほど、身体が熱くなるのがわかっているから頭の中からその存

在を消したほうがいい。そのことがわかっているのに、すがるように前田のことを思うのを止められない。

　初めて歩に、他人の手による快感を教えてくれた人だ。

　そのぬくもりが肌に刻みこまれ、それを追憶しながら自慰を繰り返してきた。

　――だけど、……それだけじゃなくって……。

　同じようなことを他の人にされたとしても、無条件で自分が相手に惚れこんだとは思えない。蟻ヶ崎にされるのは、これほどまでに抵抗感があるのだ。

　前田には、彼にしかない要素があった。

　――俺に触れる手のぬくもり。……まなざし。たまに、撫でられること。

　声の響きや、皮肉気な物言いや、エロガキとからかわれることまで、全てが好ましく歩の心をくすぐる。

　思い出すたびに心が痺れ、身体が昂った。前田のことが忘れられなくなった。これは、たぶん恋だ。一生、歩が知るはずのなかった感情を前田がもたらしてくれた。問題なのは、あくまでもそれが一方通行、ということだけど。

　――だけど、……ッ、それでもいい。

　どうすれば好きになってもらえるのか、いまだに全くわからないままだが、それでも自分は誰かのことを好きになれるのだと知っただけでも十分だ。

初めてのときめきや、胸の痛み。前田のことを考えるだけで幸せになったり、苦しくなったりもすること。

——だけど、こいつは……、前田じゃ……ない……から。

必死になって耐え抜こうとしているのに、ゆっくりとバイブを抜き差しされるたびに、腰が溶け落ちそうな愉悦がせり上がる。

「つうう、……う、う、う……っ」

「俺のものになるって言いなよ」

蟻ヶ崎は歩を見つめながら、熱っぽく囁いた。

その言葉に、歩は目を見開く。蟻ヶ崎は自分を好きなのだろうか。一度も誰かに恋愛感情を抱かれたことのない自分だというのに、蟻ヶ崎には求められているのだろうか。

——それって、……本当？

言葉だけのものなのか、本心からなのか知りたかった。だからこそ、歩は自分が知ったばかりの感情に、蟻ヶ崎を重ねてみる。だけど、歩を見つめる目からは、歪んだ欲望以外のものは読み取れない。

前田が自分を見るまなざしは、もっと違っていたはずだ。

——もっと、……あったかくて、……包容力があって、意地悪で、俺のことからかうようじゃ……なくちゃ……ダメ…な……んだ……。

それでも、蟻ヶ崎に蜜をあふれさせる先端を握りこまれただけで、歩は切迫する射精感を抑えきれない。

――あ、……イク、……イっちゃ……っ。

その衝動に全てを任せるしかないと諦めそうになる。

そのとき、歩の中をぐちゃぐちゃに犯していたメタルのバイブが抜き取られていく感覚があった。完全に中に何もなくなったことで、体内の空洞を強く意識する。

歩の両足首を拘束していた革バンドが外され、膝をぐっと折られるのがわかった。まるで頭が働かず、何が起きようとしているのかわからなくて、歩は涙に濡れた目を身体の上に向ける。

蟻ヶ崎が歩の両足を抱えこみながら、濡れそぼったそこに生身のペニスを押しつけてくるところだった。

「や、……やだ……っ」

そのおぞましい感触に、反射的に拒絶の声が出た。

前田にならともかく、初めてを蟻ヶ崎に奪われるなんてあり得ない。自分の初めてにさして価値があるとは思っていなかったが、前田という一方通行の恋の相手ができたことで歩の中に変化が生まれていた。

初めてを奪われたくないのに、それでも抵抗するすべは何もない。絶望的な状況に、涙がじわりとあふれた。

別に誰としようと、誰に奪われようとかまわなかったはずだ。なのに、前田のために、自分の大切な何かを守りたい。

「嫌だ、……いやだ……や……っ」

歩は解放された足を使って、懸命に蟻ヶ崎を押し返そうとあがいた。

だが手首は両方とも革バンドで拘束されたままだ。そんな今の状態では、抵抗もままならない。むしろ蟻ヶ崎にとってはそんな抵抗が楽しいらしく、膝をつかんだ腕に力がこもった。

「そそるな」

押しつけられた蟻ヶ崎の切っ先からの圧迫感が増し、そのままずぶずぶと押しこめられそうになる。何が何でもいやで、鳥肌が立った。入れさせまいと必死になって、その部分を引きしめる。

だが、先端に割り開かれるよりも先に、蟻ヶ崎の動きが止まった。

「……？」

その理由がわからない。

歩は三呼吸ぐらい、硬直しながら蟻ヶ崎の様子をうかがっていた。おそらく、蟻ヶ崎が見ている先で何かが起こっている。それを察知して、同じ方向を向こうとした。そのとき、狼狽しきった声が蟻ヶ崎の口から漏れた。

「何だてめえら……！」

――え？

「警察だよ」

応じた声の響きに、歩の心臓は止まりそうになった。

その低いドスの利いた声には、聞き覚えがありすぎる。

――まさか……。

「蟻ヶ崎博(ひろし)だな。覚醒剤取締法違反の容疑で話を聞かせてもらうつもりだったが、まずは暴行の現行犯でパクらせてもらおうか」

歩はその声が聞こえてくるほうに首をひねる。そこに立っていた見慣れたスーツ姿は、前田だった。

思いがけない現実に、歩は半ばパニックに陥っていた。

――どうして助けに来てくれたのか？　前田が、……俺を……？　どうして、……ここがわかったの？

前田だけではなく、続けて大勢のスーツ姿の男たちが入ってくる。まずは歩の上から蟻ヶ崎が引きずり下ろされ、男たちに小突き回されて手錠をかけられた。その直後に前田がどこかにあった毛布を持って現れて、全裸の上にいろいろなグッズをつけられたままの歩を、すっぽりとそれで包みこんでくれる。

「まずは念のため、聞いておくが、……合意ではないよな？」

そんな確認を取られるとは思わず、歩はかぁあっと耳まで赤く染まった。

「そんなはず、ないだろ！」

「暴行であいつを訴える気はあるか？」

「あるよ！　大ありだよ！　二度とろくでもないことをしないように、それなりの罪を希望してるよ」

「後ほど、詳しく事情を聞かれて調書を取られることになるけど、それにも協力してくれるか？」

「むしろ、経験になるからね。いくらでも協力する！」

まだ頭が冷静に働かない。たくさんの疑問と、この事態のあり得なさに、頭の処理がおいつかない。

司法試験に合格したら、弁護士を目指すつもりだった。実際の事件に当事者として関われるのは、むしろプラスになるはずだ。だけど、そんな判断よりも、前田の役に立ちたい気持ちが強い。

前田は笑って、歩の頭をそっと撫でた。その手つきに愛しさのようなものが感じ取れて、張り詰めた歩の緊張の糸が少しずつ緩んでいく。

もう大丈夫だと、言外に告げられているような気がした。

——そう、だな。……前田は刑事だし。

犯罪の被害者とも、いろいろと接してきたのだろう。前田の慣れた対応を感じ取って、歩は今だけは甘えようと全身の力を抜いた。意志に反して犯されそうになったショックがまだまだ全身に色濃く残っていたが、前田が助けに来てくれたのがかぎりなく嬉しい。

前田は手枷を外すために、歩の手首に手を伸ばした。

「ひどいな。痛かったか?」

そこが革に擦れて、血をにじませているのに歩は初めて気づいた。自分よりも前田のほうがずっと痛そうな顔をしている。前田に気遣われるのは、歩にとって他のどんな薬よりも効く癒しの効果があった。

「だい……じょうぶ」

それよりも、まず外して欲しいのは、両乳首に押しつけられているローターだ。忌まわしい快感道具でしかなかったはずのそれが、前田が身体に触れてきたときから、信じられないほど甘く歩の身体を溶かしはじめている。

ただ手枷を外すために手首に触れられているだけなのに、びくびくと身体が震えてしまう。だけど、前田の同僚らしき男が、周囲には大勢いた。そんな中で、醜態は見せられない。

——だけど、……イっちゃ……い……そう……っ。

ぞくぞくして射精感をこらえきれずにいることを、前田は歩の切迫した呼吸と表情から察したらしい。大丈夫だ、というように歩の頭を撫でてから、大きな声を周囲に放った。

「悪いがしばらく、……ここから出て行ってくれ」

この場所は蟻ヶ崎が倉庫として使っていたらしい。段ボールが無数に積み上げられた地下空間だ。すでに蟻ヶ崎は別の刑事たちに囲まれて、連れ出されていた。

周囲の段ボールを調べはじめていた刑事たちは前田の声に振り返ったが、その前で毛布にくるまれて苦しげにしている歩を見て、納得顔になった。

性的な暴行の対象にされた歩に対するケアが、必要だと察したのかもしれない。彼らは意義を唱えることなくぞろぞろと出て行ってくれた。一人だけ、『おまえだけで大丈夫か？』と前田に声をかけてきた刑事もいたが、前田がうなずくと、彼も出て行く。

二人だけにされてから、前田は台の前で屈みこみ、歩の頬を愛しげにてのひらで包みこんだ。

「――助けるのが遅くなって、すまなかったな。大丈夫だったか？」

前田の声が狂おしいほど胸に染みる。その声を聞いているだけで、じわじわと涙があふれだしてしまう。

「……遅い……よ。……こないと、……思った、じゃ……ないか……っ」

前田がこんなところまで探し出して自分を見つけてくれたのはすごいし、ありがたい。そのことがわかっていながらも、歩はどうしようもなかった恐怖を心の中で処理するために、やつあたりのように言わずにはいられなかった。

だが、そんな言葉も前田は正面から受け止めてくれる。

「悪かった。……ここを探り出すのに、少し時間がかかったんだ。ここは蟻ヶ崎の別名義の関連会社の所有物になっている。おまえに小包を返しに行ったとき、もぬけの殻になっているのを見て、手当たり次第探してみたんだが」

自分は前田に見捨てられていなかったし、軽んじられてもいなかった。必死になって探してくれたことが、今の捕り物劇からも伝わってくる。

前田の手が毛布の下に伸びて、歩の乳首につけられていたローラーを外した。

「……っ」

そのとき、前田の表情がひどく歪んだ。

いきなり毛布の上から力いっぱい抱きしめられて、歩は息を呑む。こんなふうに扱われるとは思わなかった。

前田はどんな言葉も発しなかったが、その腕にこめられた痛いぐらいの力とぬくもりを感じ取っただけで、歩の胸は切ないほど満たされる。

何だか、前田の大切なものになれた気がした。

錯覚かもしれないけれど、こんな抱擁が苦しいくらい嬉しい。

傷ついた歩を癒すためのものでしかないとしても、そのぬくもりに溺れてしまう。

前田はたっぷり歩を抱きしめた後で、腕に力がこもりすぎていたことに気づいたのか、少しだけ力を緩めた。

それでも、密着したまま腕を離してはくれない。

そのとき、前田の声が聞こえた。

「悪かった。……おまえを、……こんな目に遭わせて」

近すぎて前田の顔は見えなかったが、今まで聞いたことがないほど前田の声は震えていた。

――泣いてる？

ふとそんなふうに思う。だけど、前田が泣く理由がわからない。自分のこの事件が、そこまで前田を動揺させたとでもいうのだろうか。

前田がここまで乱れている理由が知りたくてたまらなくなった。その原因を作ったのは、もしかして自分なのだろうか。

――そんなはずないと、……思うけど。

「大丈夫だよ。俺、……強いから」

言ってみると、前田の指先に力が増した。

「どうして、……こんなことになったんだ？」

抱きしめられたまま、尋ねられる。前田の抱擁が気持ちよくて、歩はそこから逃れられない。

「……小包を、……どこにやったか教えろって。……俺のとこに届いたら、すぐに……あいつに知らせる……仕組みがあったみたい」

身体は熱くさせられていたものの、凍(こご)えていた心のほうにだんだんとぬくもりが届く。

ローターが外され、その下で硬く尖っていた歩の右の乳首を、前田は指でなぞった。いたわる仕草なのかもしれないが、触れられるだけでも気持ち良くて、歩は思わず息を呑む。

前田の指でその尖った部分をもてあそばれる快感を、振り払うことができない。

解放されないままだったペニスに、また熱が集まりはじめている。鼻孔から前田の匂いを胸いっぱいに吸いこむにつけ、射精せずにはいられないほど、落ち着かなくなってきた。この分では、何気なく乳首をいじられただけでイかされるかもしれない。

「……で、小包を俺が持っていったって、……話したのか？」

「あいつはひどい……男で、……俺が海外から……通販で、……取り寄せた……ぁ、……ばかりの玩具を、……他の誰かに使ってから、……俺に使うひどい……男なんだと……嘘言ったんだ」

「そりゃ、ひどい男だな」

「……信じてた……かも」

乳首から前田は指を離さない。その尖りを優しく転がしている。その感触が気持ち良すぎて、歩の閉じた瞼はかすかに震えてしまう。

左の乳首は陥没した部分にパーツを埋めこまれ、小刻みに振動され続けている。どうしてそちらも外さないいんだと思うが、前田がたまに左の乳首につけっぱなしのローターの強度をいじくるから、歩は左右それぞれの刺激に喘ぐしかない。

蟻ヶ崎の逮捕で一度は落ち着いたはずの身体の熱が、また上がりはじめていた。どうして前田がこんないたずらを仕掛けてくるのかわからない。

もしかして、自分の手に取り戻した歩の感覚を再確認したいのだろうか。そんなふうに邪推したくなるほど、前田の手は熱っぽく歩の身体に触れっぱなしだ。

「そうしたら？」

「あの男は誰だ、とか、どこに小包を持っていった……んだ、とか。最初は俺に口を……割らせようとした……んだけど、……途中で気が……変わったみたい。……自分のものになれって……、誓えって」

「誓ってないだろうな？　おまえは、お道具さえあればいい男だから」

前田は辛辣（しんらつ）なことを口にしながらも、そんな目に遭わされた歩の頭をなぐさめるように優しく撫でてくれる。口よりも能弁な手の動きに、歩の胸はキュンキュンと締めつけられた。前田のことがやっぱり好きだと思うのは、こんなときだ。

自分が蟻ヶ崎にそんな目に遭わされたことを、前田はどう思っているのだろう。だが、歩の貞操や気持ちなんて、前田にとってはどうでもいいことなのかもしれない。

それでも、前田が歩の心を惑わせるように抱きしめたり、撫でたりしてくれるから、もしかして、という期待を振り切ることができない。前田は罪な男だ。

前田のことが好きだと思っただけで、涙がまたじわりとあふれた。甘えたい気持ちが、どうにもならないほどふくれあがる。

「……俺、……がんばった……ん……だよ……」

涙の粒がぽろっと目の端からこぼれ落ちた拍子に、言うつもりのないことを言ってしまう。

慌ててぎゅっと目をつぶると、さらに涙が目の端を伝って顔の側面を流れた。

目を開いたとき、前田が歩を優しくのぞきこんでいて、何もかもわかっているというように
そっとうなずきかけてくれるから、さらに余計なことまで口走ってしまう。

「俺、……あんたの、……ものだから。…他の……やつに、……なんて……誓わない」

口にした瞬間、しまったと思ってぞくっと震えた。

一生胸に秘めておくはずの思いを、前田本人にぶつけてしまうとは思わなかった。

どんな反応をされるのかが怖くて、前田の顔がまともに見られない。

強い視線が顔面に注がれている気がして、歩は息さえまともにできなくなる。どんな表情を
したらいいのかもわからなくて、顔が引きつった。

動き続ける乳首のバイブの音ばかりが耳についていたとき、前田の声が聞こえてきた。

「そうか。おまえは、……俺の……ものなのか。一生、お道具だけでいいと言ってたのは、ど
うした？　たわいもなさすぎるだろ」

だが、前田の声はひどく優しく響く。

歩は視線を向けられないまま、ヤケクソになってつぶやいた。

「返品してもいいよ。俺が、……勝手に、……思ってる……だけなんだから」

「お道具があれば、他はいらないっていうのは、撤回したのか？」

「お道具もいいんだけど、生身もいいんだよ……！　けど、……それは……っ」

——好きな人のじゃないと、ダメだ。

そう続けたかったが、さすがにそれは陳腐すぎるように感じられて口に出せない。心臓が壊れそうなほどドキドキと高鳴っていた。緊張と興奮でのぼせたようになって、頭がまるで働かない。こんなふうに心を明け渡してしまうのが、怖くてならなかった。

ぐっと唇を噛んだ歩の代わりに、前田が質問を投げかけた。

「俺以外には、……誓いたくない？　俺以外の、誰のものにもならない？」

その声が、ジンと胸に響いた。前田以外には誓いたくない。前田のことが、いつの間にか頭がぐちゃぐちゃになるほど好きになっていた。

そんなことをわざわざ確かめてくる前田が、自分の気持ちを受け止めてくれているような気がしてたまらなくなる。

それを確かめるために、歩は怯えながらもそうっと前田の表情を見定めようとした。

だが、いきなりその大きな手で目を塞がれる。何でこんなことをされるのかわからなくて、歩はとまどう。

だけど、何か大切なことを言ってもらえそうな予感に、全身が動きを止めていた。

「俺も、おまえのものだ」

そんなふうに言われて、歩の心臓が大きく音を立てる。

「何で？」

目を塞がれたまま、納得できずに必死になって尋ねていた。

「俺の、どこが良かったの？」

前田が惚れられるなら、理由はすごくよくわかる。ハンサムだし、声もいいし、ぶっきらぼうに見えて優しいし、頼り甲斐があるし、欲しいときに抱きしめてくれる。

だけど、自分のどこに前田に認められるべき利点があるのか、歩にはまるっきりわからない。

――だよな。どうして……？

気まぐれでも、何でもいい。

だけど、今聞いておかなければずっと不可解なもやもやを抱えてしまうだろう。いつ見放されるのかと不安を抱えながら、前田と付き合うのは悲しすぎる。

「そうだな。おまえの、へんてこなところかな」

思いがけない前田のセリフに、歩は絶句した。

「へんてこ……」

「何だろうな。見てるとだんだんと可愛くなって、いじらずにはいられなくなる。不思議と、はまる。おまえの姿が消えて、部屋が荒らされているのを見たとき、俺は自分でも驚くほど狼狽したんだ。あの瞬間、おまえがどれだけ俺にとって大切な存在になっていたのか、突きつけられた」

歩は言葉を失う。

前田が小包を返しに自分の部屋を訪れたとしても、留守だとわかったらそのまま帰宅してしまうかもしれないと、考えていたのだ。

「あんたが、……そこまで俺に惚れてたなんて、思わなかったよ」

ちゃかす声が震えた。

鼻の奥がツンとする。このままでは、鼻水まで垂らして泣いてしまいそうだ。他人から愛されるというのを、初めて実感した。

「俺も、……そこまではまってたなんて、心外だった」

「だったら、どうする？　付き合う？」

声がひどく上擦(うわず)っているのを感じながら、歩は平静を装って聞いてみる。

答えの代わりに、前田の顔が寄せられてきた。

——え？

驚きにぽかんと開いた唇に、前田の唇が重ねられる。唇の弾力を味わうように、まずは何度か唇を押しつけられた。

その柔らかな仕草から、大切に扱われるのが伝わってくるようだった。胸がいっぱいになる。

告白されたのに、今でも信じられない。だけど、抱きしめられ、こんなふうにキスされることで、じわじわと幸福感が広がっていく。気持ちが伝わるキスというのはこういうものなのかと、初めて理解した。

「……っ」

歩は全神経をそのキスに集中させる。人生、最高の時だ。

キスを続けながら、前田は歩の左乳首を指先で探ってきた。そこにあったローターを外して、その下にある乳首に直接触れようとした。

だが、ローターの下にあった乳首の感触が、いつもと違うことにすぐに気づいたようだ。不審そうに唇を外して、吐息がかかるほどの至近距離から乳首をまじまじと眺める。

「どうしたんだ、これ」

精巧なつけ乳首だったのに、感触だけで前田は即座にそれが偽物だと見抜いたらしい。

「つけ……乳首。……くぼみに、……はめこまれた」

「なるほど」

キスはただの中断に過ぎなかったらしく、また愛しげに唇を塞がれた。

「……っん、……っふ、ぁ、あ」

舌をからめられながら、つけ乳首をくにくにと引っ張られる。外そうとしているようだが、密着しているからそう簡単には外れない。まだ肌の内側に隠れている敏感な部分に刺激が全て

伝わってくる。まるで乳首を直接つまんで、引っ張られているような体感に陥る。

前田の舌に唇を割られて、口腔内に舌が入ってきた。先ほどのキスとは違い、前田の舌の動きは淫らなものへと変化している。

舌をからめられ、その舌の弾力やざらつきを受け止めるだけで、歩はいっぱいいっぱいになっていた。

乳首からの狂おしい刺激もあって、毛布の下でペニスが硬く張り詰める。

前田の生温かい舌の感触を口腔内で受け止め、舌に舌を擦りつけるように動かされていると、まるでペニスをその舌でいやらしく舐めあげられているような錯覚に陥る。さらに乳首のシリコンをきゅっとひねられると、乳首を直接ひねられているような感覚が生み出された。とどめを刺したのが、そのつけ乳首を完全に抜き取られたときだった。

こんなところでイクつもりはなかったのに、いきなり乳首から広がった悦楽が堰を崩壊させて、ガクガクと腰が揺れた。

「……ぁ、……ぁ、あ、あ、あ、あ……っ」

痙攣しながら、歩は前田の手の中にたっぷりと吐き出す。

息がまだ整わない歩の目尻に口づけながら、前田が甘く囁いた。

「続きは、後でな。おまえが俺の愛に納得するまで、たっぷり可愛がってやる」

そんな言葉だけで、身体が痺れきる。

前田の手が一番好きだし、前田からのキスもたまらなく好きだ。

自分がこんなふうに変われるなんて、思ってもいなかった。


歩は一度病院に連れていかれ、蟻ヶ崎を暴行で訴えるための診断書を作成してもらってから、警察署で詳しい事情聴取を受けることになった。

解放されたのは、翌日の昼過ぎだった。事件があったのは真夜中だったから、半日近く拘束されていたことになる。

くたくたに疲れきった歩を、警察署の廊下で待っていた前田が外まで送ってくれた。

「悪いが、……このまま一緒には帰れない」

その言葉に、歩はうなずく。

前田はまだ後始末があるのだろう。

徹夜でフラフラだから、歩はまずは布団に倒れこんで、ぐっすり眠りたかった。

それに、告白された衝撃も、自分の中できちんと処理できていない。しばらく一人で閉じこもって、この成りゆきを理解できるまで消化する必要がある。

だが、その前に聞きたいことがあった。

歩の調書を取った警察官は、歩にひたすら質問してくるばかりで、この事件の背景については、何も教えてくれなかった。そのことへのストレスがたまっている。

「蟻ヶ崎って、結局、何してたの？　俺は、何に利用されたの？」

前田は一瞬話すかどうしようか考えるような顔をしてから、口を開いた。

「あいつは、海外から覚醒剤を密輸してたんだ。暴力団を辞めたから、そちらのルートでクスリが手に入らなくなって引退したつもりでいたんだろうが、その味か、儲けの味が忘れられなかったらしい。いろんな手口で海外から麻薬を密輸しはじめたんだが、とあるルートが使えなくなったから、新たに個人海外通販に目をつけた。一回の量は大したものではないが、裏社会とは無関係な一般人に代行させれば、発覚しにくい」

「それに俺は、利用されたってわけなんだ」

麻薬か武器か精密機械だと、予想はしていた。やはり、その中の一つだったらしい。納得して、歩はうなずいた。

さらに前田は、説明を続けてくれる。

「指定されたアダルトサイトに、おまえに蟻ヶ崎が伝えたシリアル番号を添えて申しこむのが、相手への合図になっているようだな。そうして発送された小包のあちらこちらに、巧妙にクスリが隠されているという仕組みだ」

「俺のところに届いたのからも、見つかったの？」

「ああ。それなりの量がな」

「だからか」

あれほどまでに、蟻ヶ崎が小包を入手しようとしていたのがそのせいだとわかる。小包ごと持ってこいというのも、そういうわけだ。

「あんたは最初から、それを追ってたの？」

「覚醒剤使用容疑で逮捕した男の、クスリの入手先をたどってたんだよ。それで、蟻ヶ崎に行きついた。個人海外通販を使ってクスリを密輸してるらしいってところまで嗅ぎつけて、その店の常連らしきおまえが、やたらと個人輸入をしているのを知った」

「で、踏みこんだのが、俺たちの出会い」

「あんな色っぽい現場に遭遇するとは、思っていなかったけどな」

前田はクスクスと笑う。

道路まで行き、そこに停車していたタクシーを呼びよせながら、歩に囁いた。

「タクシーで帰れ。費用は負担する。今夜、だいぶ遅くなるとは思うが、仕事が片付いたら、おまえの家に行ってもいいか」

その言葉に歩の鼓動は大きく乱れたが、これほどまでに疲れきっている状態では不安があった。歩は一度ぐっすりと眠ってしまうと、目覚めないのだ。

「あのね、……寝てるかもしれないから、もし反応なかったときは、郵便受けの裏に鍵置いておくから、それ使って」

「わかった。できるだけ早く行くようにするが、反応なかったらそれを使って入る」

前田はタクシーのドアを支えて歩を乗せ、それから運転手に紙幣を手渡している。一文無しだから、助かった。

それから、前田は歩に顔を寄せて、甘く囁く。

「気をつけて帰れよ」

「……うん」

何だか、すごく照れる。

だけど、そんなふうな言葉をかけてもらえただけでも嬉しくて、歩の口元はほころんだ。


くたくたになって帰宅したものの、逮捕劇に立ち会ったという興奮に前田の恋人になったという興奮も加わって、歩はなかなか寝つけなかった。

夕方ぐらいまで何かと動いていたが、一度眠りに落ちたらぐっすりだ。どれくらい経ったかわからないころ、ふと目を覚ます。

「……ん」

歩はたっぷり寝た後のだるさに包まれて、ベッドの枕元にあった目覚まし時計を引き寄せる。眠っていたのは、ロフトベッドの上だ。遮光カーテンが外の光をシャットアウトしているから、室内は薄暗かった。

――六時？

午前か午後かわからなかったから、あらためて二十四時間表示の携帯を引き寄せた。どうやら、朝の六時らしい。

――寝たのは夕方ごろだから、……俺、十二時間近く眠ってたの……？

身体のだるさは、そのせいかと納得する。眠り疲れたような感覚を引きずりながら、歩はロフトベッドの急なはしごを伝ってフローリングの床へと降りた。

トイレに寄って、歯磨きをして、水を飲みながら部屋に戻って、灯り（あか）をつける。その途端、壁際に何かが転がっているのに気づいて硬直した。

――え？

毛布にくるまっているのは、人に見える。顔は見えなかったが、来ると言っていた前田だろうか。

――いつ、来たの？　俺、……気づかなかったけど……？

起こされても起きないぐらい、自分はぐっすり眠っていたらしい。だからこそ、前田は諦めてここで眠ったのだろうか。

毛布に隠れている顔をのぞきこみたくて、歩はそれが見える角度までそっと回りこんでいく。

壁に見慣れた前田のスーツとネクタイが、ハンガーでかけられていた。

——寝顔、……どんなだろ。っつか、床、硬くて冷たくない？

前田が使っている毛布は、おそらく押し入れに入れてあったものだろう。それを使ってくれたのはありがたかったが、そろそろスリッパが必要なほどフローリングは冷えこむ季節に入りつつある。

前田の頭のあたりで立ち止まり、そっと屈みこもうとしたとき、歩はいきなり伸びてきた手に足首をつかまれた。

「わっ！」

「……おはよう」

寝起きそのものの、くぐもった前田の声が聞こえてくる。

とても眠そうだが、前田が寝返りを打ったから、顔が見えた。ワイシャツのボタンが上からいくつか外されていて、下はスラックス姿らしい。ハンサムだと、寝乱れた姿さえ様になる。

「来てたの？」

「起こしたけど、おまえは起きなかったからな。鍵の場所、教えてもらっといて良かった。帰るのも億劫なほど疲れてたんで、そのまま毛布借りた」

逮捕劇の翌日の昼に歩は解放されたが、そのまま勤務を続けた前田はよっぽど疲れていたのだろう。

――なのに、俺に会いに来てくれた……？

そう思うと、ドキドキする。

朝ご飯とか準備してあげたほうがいいのだろうかと、歩は立ちすくみながら考える。同棲はもちろんデートすら経験がないだけに、こんなときの振る舞いかたがわからない。

自炊はしていて、味噌汁やご飯は毎朝作っているから、何かおかずをつければいけるはずだ。

「身体、痛くない？」

だが、足首をつかむ前田の手の感触があるだけで動けなかった。強く振り払ったらいいのだろうが、そのぬくもりを歩のほうが離したくないのだ。

「いや。……ああ、少し痛いが、これくらいは」

「マットあるから、使えばよかったのに」

「マット？」

「そこで寝転んで、テレビとか見る用に」

マットも押し入れに入っている。まだ前田が寝足りないのだったら、それを使って寝直してくれてもいい。歩はそうっと出て行って、ファーストフードなどで予備校の予習をするつもりだった。

「いる？」

「ああ」

うなずかれたので、歩は押し入れを開けてマットを取り出した。三つ折りのマットレスのような品だ。

「どこに敷く？」

「ここに」

寝転んだまま前田に身体の横を指示されたので、歩は床に膝をついてマットを広げた。だが、敷き終わるのと同時に、歩の肩に前田の腕が背後からからみついてきて、プロレスのように床に組み伏される。

——え？

「これって、据え膳ってことかな。カモが、マット敷いてやってきた」

笑いまじりの声がすぐそばから聞こえるのと同時に、全身に前田の重みがかかった。シャツの裾から前田の手が這い上がってくる。いきなりそんなふうに密着するとは思っていなかっただけに、歩は焦った。

「ちょ……！　朝ご飯、作るんだから……」

反転して仰向けになると、前田も上手に歩の上に移動してきた。

「俺は今日は休みにしたが、おまえは今日、どうしても出かけなければいけない用事があるのか？」

もがきながら前田の肉体の感触や重みを受け止めているだけで、急速に鼓動が乱れていく。このまま前田に付き合って一日一緒にいたい気分になったが、そんなことになったら歯止めが利かなくなる。

「九時から授業！」

「そこにここから到着するまでの、所要時間はどれだけだ？」

「……三十分ぐらいかな？」

「だったら、あと二時間はあるな。大丈夫だ。それまでには終わる」

動けるかどうかはわからないけど、とさりげなく付け足されて、歩の鼓動はさらに跳ね上がった。

——動けるか、どうかって……っ。

もしかして、前田はついに歩の初めてを奪うつもりなのだろうか。前田と密着しているだけに、考えは性的なものになる。前田の大きなものを口淫した記憶から推測するに、その後遺症は大きなものになりそうだ。

「う、……動ける程度に……して欲しいんだけど。ケガもなしで。病院もなしで」

「嫌とは言わないんだな。善処する」

その言葉とともに、スエットをめくりあげられて、その下に吸いつかれた。

刺激を受けたのは、皮膚の内側に陥没した乳首の上だ。中にあるものを皮膚越しに甘噛みされ、舌先で圧迫される。そのたびに、歩はビクビクと震えずにはいられなかった。その後で陥没した部分に唾液を流しこまれ、それごと吸い出すようにちゅくちゅくと音を立てて刺激される。ジンジンと下肢が痺れていく。

「……ん、……ん……」

目眩がするような気持ち良さだ。そこをさんざん乳首吸引具で刺激されてはきたが、唇でされるのはやっぱり特別だった。まだ皮膚の内側にあるうちから、ペニスが反応してしまいそうなぞくぞくが途絶えない。

——やっぱり、生の舌が一番気持ちがいいし、前田にされるのも好き。

全身で受け止める前田のみっしりとした筋肉の重さや、すぐそばで感じる息づかい。そんな要素がますます歩の身体を熱くする。

前田にされると感じすぎて、今日は早めにそこがぷっくりとふくらんできているような感触さえあるくらいだった。

歩の乱れっぷりは前田にも感じ取れるほどだったらしい。

「今日はここ、いつもより早く尖ってないか？　俺がプレゼントした吸引具、あの後もマメに使ってた？」

「……使ってた……けど……」

一番の要素は吸引具ではなくて前田だ。そんなことはわかっているだろうに、あえてとぼける余裕が憎らしい。

「この先が長いんだよな。先っぽだけ、出てきたけど」

ほんの一部だけくぼみから顔を出した乳首を、ざらつく舌で丹念に舐められる。そのたびに広がる痺れるような甘さに、歩の身体はびくんびくんと跳ね上がってしまう。反対側の乳首にも指を伸ばされ、左側をいじるのに合わせて指の間で転がされていると、頭の中が真っ白になるほどの悦楽に表情が取り繕えなくなる。

部屋は電気がつけっぱなしだったから、だらしない顔を見られないために肘で顔を隠そうとした。すると、前田がのっそりと立ち上がった。

「で、……おまえは、縛られるのが好き、と」

押し入れの中からお道具がいっぱい入った衣装ケースを三つ引き出し、まとめて部屋の中に移動させてくる。歩はマットに組み敷かれたまま頭上で手首をつかまれ、一つに拘束された。その後で、頑固な左乳首にまず吸引具を装着された。

「……ぁ、……ぁ、あ、あ……っ」

馴染みのあるキュンとする感触とともに、乳首をくびりだされて歩はうめく。つけられただけで、じわじわと下肢が熱くなった。淫らな期待に、身体が反応するのを抑えられない。

「反対側は、ローターで可愛がろうかな」

そんなことをつぶやきながら、前田は乳首につけるローターを選びはじめていた。ただ振動させられるだけではなく、それに指サックをつけられたらヤバイほど感じてしまうことを知ってしまった歩は、そのことを伝えようかどうしようかと悩む。

──気持ち良くはされたいけど、感じすぎるのは、……ヤバイ……。

だけど、狂おしいほど前田に追い詰められるのを、期待する自分もどこかにいた。すごく身体を蕩けさせなければ前田の大きなものを受け入れることはできないだろう。後に待っているすごい行為を思うと、おずおずと言い出すしかない。

「ローターの、新しい……使いかた、知ってる？」

「何だ？」

「指サック……、そこにある指サックを、……ローターに装着してから、……乳首にあてがうと、……すごく……感じる」

「そうして欲しいってことだな」

前田は心得顔でうなずいた。

リクエスト通りに指サックをはめたローターを乳首に押しつけられた途端、脳天まで痺れて歩はガクガクと震えた。

「つぁ、……あ、あ、あ……それ、やっぱ……、ダメ……っ」

感じすぎる。ここまでなるのは、予想以上だ。

「ダメも何も、自分でおねだりしたんじゃないかよ」

だが、前田は容赦してくれる様子は見せず、喘ぐ歩の顔を楽しげに眺めながら角度を変えて何度もローターを押しつけてくる。

陥没しているほうは吸引具でくびりだされ、反対側はローターで振動させられてしまうと、歩は頭を真っ白にしたまま息も絶え絶えに喘ぐことしかできなかった。ローターで右の乳首を押しつぶすようになぞられ、何度も角度や位置を変えて押しつけられる。感じすぎて無意識に前田を腕で振り払おうとしてしまったせいか、手枷を身体の後ろで拘束する形に変えられた。

「ん、……ん、ん……」

腕を背中に敷くと、ことさら胸元を反り返らせるような格好になる。

そのあげくに右乳首に指サックつきのローターをテープで固定され、その振動が完全に乳首から離れなくなったことに歩は身悶えた。さらに今回使われているのは振動の強弱が自動的に切り替わる高性能のローターだ。だからこそ、蟻ヶ崎にされたときよりもだいぶマズい。

ローターが、ジ、ジ、ジと強く弱く振動するたびに、歩は乳首を複雑に刺激されて、悶えずにはいられなかった。

「っあ、……っぁ、あ、あ……」

「乳首だけでイけそうだな。……試してみる？」

そんなふうに言われて、歩は首を振った。これ以上、乳首だけで感じさせられるのはかなわない。張り詰めてむず痒くなってきた下肢も、前田の大きな手で刺激して欲しい。なのに、前田は歩をそのままに、立ち上がってしまう。

「しばらく、それで我慢してろ。キッチン借りるぞ」

前田がキッチンに立ち、そこで水を飲んでいる気配が伝わってくる。それから、お湯を沸かす音や歯磨きの音が聞こえてきた。歩の陥没した乳首が飛び出してくるまで、前田はそうやって朝の支度を続けるつもりなのだろうか。

歩は息を乱しながら乳首を吸引されたり、ローターで振動させられる刺激に一人で耐え続けるしかない。

しばらくして、コーヒーのいい香りが漂ってきた。

──あいつ、……放置プレイ好き……だよな？

最初にあの店の奥の部屋に案内してもらったときも、歩はX字型つるし台にくくりつけられ、乳首を吸引具でくびりだされながらの放置プレイを食らったものだ。そのことをすごく昔のことのように思い出しながら、歩は乳首を小刻みに揺らす振動に息を呑む。

──俺も、……放置されるの、……好きだけど。

ぞんざいに扱われている感じがたまらない。そのくせ、前田が何気に歩の様子をうかがってくるのが感じ取れるから、なおさら息が乱れてしまう。

吸引具をつけられている乳首が、ひっきりなしにジンジンと痺れるような快感を伝えてきた。反対側の乳首は、振動のたびに腰をむずむずさせる。

このままでは、本当に乳首だけでイってしまうかも、と思いながら身体の感覚に呑みこまれていったとき、すぐそばから声がした。

「飲むか？」

前田がコーヒーの入ったマグカップを持って、すぐそばから歩を見下ろしてくる。それどころではない状況だったので、歩は首を振った。

「まだどうにか我慢できてるようだけど、ここはひどいことになってるな」

前田はコーヒーをすすりながら、歩の股間に足を伸ばした。部屋着のスエットの上から無造作に股間をなぞられて、その足の感触に歩はすくみあがる。

「う、あ……っ」

すでにそこは限界まで熱くなっていて、前田の足の下でどくんと脈打った。足は手ほど繊細ではなく、ひどくおおざっぱで無骨な刺激を送りこんでくる。

少し痛いぐらいに股間を足の裏でもてあそばれるたびに、歩はペニスを踏みにじられているような刺激にのたうってしまう。こんなふうに、大切なところを足蹴にされるのもたまらない。

「おまえ、足コキも好きなの？」

クスクス笑いながら、前田は足の指を上手に使って、歩が着ていたスエットと下着を引きずり下ろした。それから直接、熱くなったペニスに足で触れてくる。

「……っう、あ、あ」

なぞるよりも、踏みつけられるほうが歩の反応がいいことに気づいてか、軽く前田に体重をかけられる。そのたびにじわりと広がる圧迫感に、歩はうめかずにはいられなかった。痛みよりも、気持ち良さのほうが勝ってしまう。かすかな痛みまじりの悦楽に、ペニスがあからさまに反応していく。

「……ん、ん、ん……」

自分のペニスをそんなふうに乱雑に扱われることに、興奮はつのるばかりだ。

身体が熱くなるにつれて、乳首からの刺激も濃度を増した。

「おまえ、こんなのも感じるんだ？　だったら、ちゃんと相手を選ばないとな。何されるかわかんないぜ」

前田の言葉が、「だから、俺のものにずっとなっとけ」と伝えてきているようで、歩の心まで縛られる。ペニスに擦りつけられる前田の太い足指と硬い足裏の感触に、歩は絶頂まで一直線に押し上げられていく。途中で前田が乳首のローターを最強にした。

「……ぁ、……ぁああ！　……ぁ、あ、あ……っ！」

最後は何が何だかわからなくて、前田の足に自分からペニスを押しつけ、がくがくと擦りたてていた。

全身が突っ張り、射精が終わるのに合わせて脱力する。

「は、……は、は、は……」

たまらない絶頂感の余韻がまだ去らないのを感じながら息を整えていると、前田は精液でべっとりと濡れた足を歩の前に突きつけた。

舐めて綺麗にしろ、という意味に思えて、歩はそっと前田の顔を見上げる。前田の表情は何も伝えてくれなかったので、おずおずと舌を伸ばした。こういうシチュエーションにぞくぞくさせられるのだが、心まで惨めにならないのは、前田の愛を信じられているからだ。

足の指まで綺麗にしゃぶった後には、前田が持ってきたペットボトルで水を飲まされ、ご褒美のように頭を撫でられた。人心地ついた後で、歩は足をつかまれる。

「で、次はここか。どうやってほぐそうか」

足首に片方ずつ枷をはめられ、歩はロフトベッドの柱の途中にその足枷を固定された。両足を合わされて、おむつを替えるような格好だ。秘められたその部分を前田の前にさらけ出したまま、足を下ろすこともできなくなる。

「ほぐすのには、お気に入りのピストンバイブがいいか？　それとも、別の？」

ピストンバイブは指三本分だから、いきなり入れられたらつらいはずだ。だからもっと細いものからと訴えようとしたのに、考えている間にピストンバイブが突き立てられた。

「あっ……」

新しいローションでバイブをねとねとにされていた上に、イったばかりで歩の身体から完全に力が抜けていたせいもあるだろう。ずぶずぶと、それが少しずつ入りこんでくる。

「ぁ……そ、れ……っ、おっき……っ」

それでもさすがの圧迫感にうめくと、前田は根元まで完全にそれを呑みこませてから、立ち上がった。

「朝食の下ごしらえでもしておくか。それくわえこんで、しっかり中をほぐしておけよ。途中で外に出したら、お仕置きだ。しっかり中を締めておけ」

射精直後の脱力が元に戻るにつけて、呑みこまされたバイブはつらいほどの充溢感をもたらすようになった。中はギチギチにそれで占領されていて、すぐにでも抜いて欲しくてたまらない。それでもお仕置きと言われたからには、しっかりと前田の言いつけを守らなければならない。

同じ刺激が続かないためか、キッチンに向かう前に前田は歩の右の乳首につけていたローターを外して、別の責め具に変えた。今度のは定期的に空気が吸い出されて乳首が吸われ、空気が入っては元に戻り、また吸われるのを繰り返される仕組みのものだった。

——それ、……わりとつらい……のに……。

さんざん振動させられて硬く尖った右の乳首に吸引する道具をつけられただけで、歩は息を呑まずにはいられない。前田が電源を入れると、きゅっと右の乳首が吸い上げられていく。

左の乳首はずっと吸われ続けているだけの刺激だったが、右をきゅんきゅんと定期的に吸われていると、両方の乳首を同時に吸われているような体感が生み出される。

乳首で感じるたびに、体内深くまでくわえこまされたバイブを締めつけずにはいられなかった。最初は入れられているだけで動かされてはいなかったようだが、かすかにバイブが振動しはじめた。

「……っぁ、……ぁ、あ、あ……っ」

前田がキッチンで、米を洗っている音が聞こえてくる。

歩はロフトでベッドにくくりつけられ、バイブの刺激に一人で耐えるしかない。この状況をずっと前田が見守ってくれないのが寂しかったが、それも前田なりの責めなのかもしれない。

――朝だし。……忙しいし。……それに俺、放置プレイ好きだし。

前田が朝食に何を作ってくれるのか、楽しみでもある。冷蔵庫にある材料で、朝食を作っているようだ。

だが、キッチンから聞こえる音に意識を向けてはいられないほど、バイブは淫らな疼きをかき立てつつあった。

体内から漏れ聞こえるバイブの音に合わせて、背筋にぞくぞくと震えが走る。

入れられた当初は襞がギチギチと軋むほど大きく感じられたものだったが、細かな振動を与え続けられて襞が甘く蕩け、その大きさに少しずつ馴染みつつある。最初は振動だけだったが、ゆっくりとそれがピストンを始める。そのヘッドがゆっくりと抜けていくときの腰が落ち着かなくなるような感覚を受けて、歩は息を呑んだ。

抜けたバイブの先端は、またゆっくりと深い位置まで戻っていく。その動きはリアルで、まるで前田が自分の腰の前に陣取って、バイブを突き立てていると錯覚するほどだった。

「ん、……っん……」

抜けていくときにはどうしても中に力がこもり、バイブを引き止めるように襞がからみついてしまう。

――前田のって、……どんな……だろう。

ピストンの動きに耐えながら、歩はそんなことを頭の中で思い描いていた。まだ動きは緩やかで、ゆっくりと抜けていくときの感覚や、それに襞が押し開かれる感覚をミリ単位で味わわされている。感じるところをえぐられるたびに、襞がそれにからみつく身体の反応もリアルに伝わってきた。

「……っぁ、……あ、あ……」

振動や回転よりも、歩はピストンに弱かった。浅い部分まで抜けていったヘッド部分が、じわじわと甘ったるい快感とともに襞を奥まで押し広げ、また抜けていく動きを思い知らされると腰がどうにかなりそうになる。その繰り返しだけでも感じすぎて、反り返ったペニスの先からとろとろと蜜があふれだした。

乳首を両方とも、見えない誰かの唇で吸われているような体感も加わっているせいもあって、あっという間に息が乱れ、頭がボーッとした。

——いつまで、……待てばいいのかな。

始まってから、どれくらいの時間が経ったのか、まるでハッキリしない。

できるだけ長く放置されたほうが、前田のものを入れられても苦痛を覚えずに済むだろうか。

キッチンからの物音は続いている。米は洗われて炊飯器にセットされ、今度は別のものを切っているらしき包丁の音が聞こえてきた。

それを聞きながら、歩はバイブに体内をピストンされる振動にひたすら耐え続けるしかない。

足首を拘束されて一つに合わされているから、余計に挿入されたものの形を鮮明に感じ取れた。深くまでえぐられるたびに、太腿に力がこもる。

足先が浮いているから体内で受け止める快感を他に逃す手立てがなく、ことさらバイブの律動を襞に刻まれてしまうのかもしれない。

この体勢だと、腰を揺らすことができないのもつらかった。小さな動きができず、かなり力を入れなければ、腰を揺らすことはできそうにない。

それでも襞をえぐられるたびに蓄積されていく快感に耐えかねて、思いきって腰に力をこめて揺らそうとした途端、バイブに襞をひどく叩かれたような衝撃が生まれた。目が眩むような快感とともに、全身が跳ね上がる。

「……ぁあ……っ！」

その快感がなかなかやりすごせず、しばらくの間、歩は中に力を入れたり抜いたりして、ガクガクと震えながら呼吸を整えるしかなかった。

そうしている間も、だんだんとバイブのピストンは大きなものになっていく。

最初は誰かの見えない手で、焦れったいほどゆっくりと動かされているように感じられたものだった。だが、その動きがだんだんと大きく速くなり、バイブの先端がぐっと突き刺さっては、勢いよく引き抜かれているように感じられる。

まるで容赦のない機械的な動きにさらされて、歩のつり下げられた太腿には何度も痙攣が走った。

「……ぁああ……っ」

抜き取られるときの排泄感を煽る独特の動きに息が漏れ、身体が突っ張る。だけど、その衝撃をやりすごすこともできないタイミングで、深くまで突きこまれる。そのシリコンの先端で容赦なく身体の奥まで押し開かれる動きは、恐ろしいほど無慈悲だ。それがひたすら繰り返されるから、歩はその速度についていけずに腰を逃がそうとする。

「……ぁ、ン……っ！」

だけど、まるでうまくいかなかった。

どろどろに溶けた部分をぐちゃぐちゃとシリコンでかき回される快感に全身が支配され、バイブの動きに合わせて全身が跳ね上がる。

下肢への絶え間ない掘削（くっさく）に合わせて、硬く尖った乳首を器具で吸われると、ますますもがかずにはいられなかった。

　おそらくここまで身体が熱くなっているから、左側の陥没した乳首もすっかり芽を出してい るはずだ。繊細な感じやすい部分を吸われる快感に唇が震え、早くそこに前田の指が欲しくて、のけぞるように胸を突き出してしまう。

「……う、あぁ、あ……」

　狂おしさに首を振った。なかなか戻ってきてくれない前田が恋しくて、彼がどこにいるのか確認する余裕もなく呼んでいた。

「……ぁ、……も。……やだ、……前田…ぁ、……ンぁ、あ…っ」

「降参か？」

　意外なほど近くで、声が響く。

　その直後に、ちゃぶ台に食器を置くような硬質な音が続いたから、皿を運んでいたのかもしれない。

　前田はそれから、歩の背後に近づいてきた。背中から歩の上体を抱くように引き起こして肩で支えると、下肢のバイブはそのままで胸元に手を伸ばしてくる。

「そろそろ出てきたころだろ。この物珍しい未確認物体は」

　そんな言葉とともに左の乳首を吸引していた器具に空気が送りこまれ、ガラス製のカップが外された。陥没していた乳首が外気にさらされて、ちくちくとむず痒いような感覚を歩に伝えてくる。

その左の乳首に、そっと前田が手を寄せた。撫でるように指を動かされただけで、息ができなくなるほどの甘ったるい快感にむずむずと腰が揺れる。軽く触れられるだけでもどうにかなりそうな純粋な快感がすごくて、ぎゅうぎゅうとバイブを締めつけることしかできない。

「……ぁ、……ッン、ン……っ」

右側の乳首を吸引していた玩具も外されて、両方の尖った乳首をあらためて前田の左右の手で背後からそれぞれに刺激された。

刺激に弱い左の乳首に合わせてか、右の乳首への刺激もすごく柔らかなものだ。

ただそっとてのひらで転がされているだけだというのに、激しく中をピストンするバイブの動きもあいまって、歩は前田に背後から抱きしめられながら、のけぞってはガクガクと震えることしかできない。

「……ダメ、も、……イっちゃ…う……」

喘ぎながら訴えると、前田がお仕置きのように右の乳首をきゅうっと強めにつまみ上げた。

「ダメだ。俺がイクまで我慢しろ。そうしなければ、今日は入れてやらないからな」

「……っ」

その言葉が、歩に衝撃をもたらした。

ここでこらえきれずに漏らしてしまえば、前田のものを入れてもらうのはずっと先になるかもしれない。そう思うと、必死で我慢しようと思って全身に力がこもる。

だが、そんな歩の乳首に、前田は潤滑剤を滴らせてぬるぬると指先で転がしてきた。乳首からの快感がピストンバイブで犯されている下肢へと流れこみ、身体の中で複雑に増幅される悦楽に歩の身体は追い詰められる。

「……や、……ッダメ、……もう、触る……な……っ、無理だ……から……っ」

ここまで必死になって我慢しようとしているのに、そんなふうに乳首をいじるのはひどい。抗議の声を漏らしながら首を振ると、前田がバイブの動きを最強に切り替えてから、バイブの外に出ている部分に手を伸ばしてきた。

「もう、……イっちゃうのか？　我慢のできない歩は」

初めて名前を呼ばれた嬉しさに、鼓動が大きく高鳴る。だが、ピストンするように動くバイブの動きに加えて、前田がバイブをつかんで直接動かしてきたからたまらない。ぐちゃぐちゃと、中をそれで容赦なくえぐられる。

「っあ、……ぁ、あ、あ、あ……っ」

背後から身体を抱かれたままぶるぶると震えていると、尻のあたりに触れる前田のものが硬くなっているのに気づいた。前田も自分のこんな姿に興奮しているのがわかって、腰をそこに擦りつけるように揺らしてみる。

その動きに気づいたのか、前田が歩の深い位置にバイブを入れっぱなしにしたまま、身体を少し引いた。歩の上体をマットに下ろし、スラックスから性器を取り出して、歩の口元にあてがってくる。

「少し舐めて、……すぐに入れられるように、……してくれる？」

前田の立派なそれで頬をなぞられて、歩はぞくっとして目を閉じた。

してあげたいのはやまやまだが、すでに身体は限界だ。

「ダメ。……もう、……イっちゃ……う」

中から力が抜けなくて、歩の体内からぬぬぬ、とバイブが少しずつ押し出されていく。ある深さを過ぎると押し出されやすくなるのか、途中でハッとして引き止めようとしても無駄だった。

ぬるっという感覚とともに、バイブが中から完全に消える。それを知った前田が、低く囁いた。

「しっかりくわえておけと言ったのに、お仕置きだな」

そんな言葉とともに、敏感な左乳首を指でなぞられる。そこにお仕置きされるのだと思うと、不安と期待に歩は落ち着かなくなる。

前田は歩のお道具箱を漁って、ネジで調整できる木製の豆つまみを取り出した。

「これで、お仕置きしようか」

見せつけられて、歩は息を呑んだ。それを使ったことがあるのは、右の乳首だけだ。いつもは皮膚に隠れている左乳首は、一番弱い刺激に調整してさえも、それで挟まれるには敏感すぎる。

「……ダメ……っ」

拒んではみたが、それでも前田にされることなら、何でも耐え抜きたいような被虐への期待がどこかにあった。

歩の声に混じる複雑な響きを読み取ったのか、前田の笑みが深くなる。

左乳首をつままれ、そこに硬いものが触れる。慎重に豆つまみで挟まれる。次の瞬間、乳首から全身に広がる痺れに、歩は飛び上がった。全身に、ぎゅううっと力がこもる。

「ダメと言われると、……止められなくなるだろ」

――痛い、……けど……。

耐えられないほどではない。ジンジンする痛みの中に、快楽がにじんでいた。

乳首への感覚に気を取られていた歩の顔を、前田は自分のペニスのほうに向けさせる。

歩は口を開けさせられて、大きなそれをくわえこまされた。

「ふ……」

する気はあったが、横からだからひどく舐めにくい。それでも精一杯口を開いて、くわえこんでみる。そうしている間にも、ジンジンする乳首からの悦楽は断ち切れない。

「……ん、……ぐ、ふ……、ん、ん……」

前田のものを苦労して舐めるたびに、前田の指が豆つまみをつけられていない歩の右乳首をそっと撫でた。いじめられている乳首と、悦楽を与えられている乳首の感覚が複雑に混じりあって背筋が甘くわななき、ぞくぞくと身体が高まっていく。

こんなに乳首にひどいことをされているのに、それでもイってしまいそうになっていた。

——前田に触られるのが……、一番、……好き……。

もっとご褒美代わりに乳首を撫でてもらいたくて、歩の舌の動きには熱がこもる。顔は唾液と涙でべとべとだ。こんな顔を前田にさらしているのが耐えがたいのに、もっと見てもらいたい気持ちもあった。

「……ん、ん……」

前田にも気持ちよくなって欲しくて、必死になって舌を動かし続けた。

だが、さしてしゃぶる必要もないぐらい勃起していたからか、前田はほどなく腰を引いた。

「上手にできたな。そろそろこれを入れてみるか」

淫らな期待に、歩は小さくうなずく。すると前田は、軽く頭を撫でてくれる。

口から前田のものが抜き取られ、腰の後ろに回っていく気配があった。

足枷を柱から外され、マットの上にあらためて組み敷かれる。前田が歩の左乳首に食いこむ豆つまみを、そのタイミングで外してくれた。

何もなくなった乳首がジンジンと疼く中で、足を大きく開く形に膝を抱えこまれた。

快感にひくひく震える後孔の上でローションのボトルを傾けられ、くぷくぷと指で中に塗りこめられる。ひんやりとした液体の感触に、歩は喘ぐ。

指が抜けた後も、たっぷりのローションは呼吸をするたびにそこからあふれた。

ついに、そこに前田の性器が押しつけられる。こうされることを期待していたはずなのに、いざそのときがくると、怖くて呼吸すら浅くなった。

「はいる……かな……」

十分に中はぐずぐずに溶けているし、十分なほどローションも塗りこまれた。だが、前田のものは何せあの大きさだ。不安になってつぶやくと、前田は柔らかく笑った。

「無理だったら、すぐに抜いてやる」

「ほんと……に？」

「ほんとほんと。俺を信じろ」

その軽い口調につられて少し笑うと、前田は愛しげに歩の頬をてのひらで包みこんだ。その仕草に本当に愛されているんだなぁ、と実感する。余計な力が抜けたのを感じ取ったのか、いきなり打ちこまれた。その大きくて張り詰めた先端に歩の括約筋が限界まで押し開かれ、ギチッと音が聞こえそうなほどな中が軋む。

「……ン……っ」

反射的に全身に力がこもると、前田は強引に押しこもうとはせずに腰を引いた。ホッとして息を吐いたタイミングで、またそこに打ちこまれる。

「……ぁああ……っ！」

ギチッと、先ほどのように限界まで括約筋を押し開かれて、すぐにまた引いてくれると思った。だがそれはなく、さらに押しこまれて痛みが広がる。悲鳴を上げようとしたとき、ふっと痛みが和らいだ。だが、括約筋が開きっぱなしになったような感覚が消えない。歩はとまどって、そこの感触に意識を奪われたまま尋ねてみた。

「はい……った……の？」

「どうにか、先っぽだけな」

前田は多少そこで慣らすつもりなのか、それを強引に奥に押しこむことはせずに、歩の小さく尖った右乳首をそっと指先で転がしてきた。太いものを下肢にみっしりとくわえこまされているから、歩の身体は落ち着かない。

「……っぁ……っ」

だが、少しずつ身体から力が抜けていくタイミングを上手につかんで、前田は大きなものを埋めこんでいく。膝をつかまれ、深くされるたびに逃げそうになる腰を引き寄せられて身体を前田の大きなもので占領されていくと、どうしても拒絶のために力がこもった。だが、乳首を指先で柔らかく転がされていると、そこから広がる甘さに力を入れ続けることはできなくなる。

「……ふ、ン」

前田は指でいじるだけでは足りなかったのか、歩の足を抱えこみながら、今度は左の乳首に顔を埋めた。

「っぁ、……ん、ん、ん……」

前田の熱い湿った舌先が、敏感な突起を転がす。先ほど痛みを与えたのを詫びるように丹念に舌先で転がされた後で、ちゅ、ちゅっと柔らかく吸われた。敏感に尖らされた乳首に、そんな刺激はたまらない。

その甘すぎる刺激に頭の奥が痺れきった瞬間、腰を引き寄せられた。ついに前田のものが、身体の奥まで入りこむ。すごい存在感だった。

「……っぁ、……っぁ、あ、あ、あ……っ」

これで前田のものにされたんだと思った瞬間、乳首と後孔から広がる快感が一気にペニスへと流れこんだ。腰に蓄積された快感が爆発するように、今度こそ射精を我慢することはできない。

「……うあ、……ぁ、あ、あ……っ」

びくびくと、歩は跳ね上がりながら精液を吐き出す。

痙攣のたびに、深々と身体を貫く前田のもので襞を擦りあげられた。その不規則な刺激による悦楽が加わって、歩の射精はなかなか止まらない。

「は、……は、……は……」

ようやく痙攣が治まって、歩はのけぞって喘いだ。

「もっと出るだろ？」

前田はなおも歩の身体を追い詰めるように乳首をついばみながら、中に入れた大きなものをゆっくりと動かしてきた。

力の入らない襞で、前田の大きなものがズズッと擦れる。その動きによって前立腺が強烈に刺激されて、またしてもペニスが跳ね上がった。

収まっていなかった絶頂感がそれによって刺激される。

「……や、……ぁ、あああ、ああ……」

声に合わせて立て続けに射精した歩のペニスに、前田がそっと手を伸ばした。ひくひくと震える敏感な部分をてのひらで包みこまれて、歩は怯えた。

「……や、……も、……イかない……から……っ」

気持ちよすぎて、怖い。

涙がどっとあふれてしまう。

だが、力の入らない今の状態では、ペニスにからまる前田の手を振り払うこともできない。
二、三回しごかれただけで、すぐそばにあった絶頂まで押し戻され、歩は息も絶え絶えになりながらなおも吐き出す。
その衝動がどうにか収まった後で、これ以上イかされたら死ぬとばかりの思いをこめて、歩は涙のにじんだ目で前田をにらみつけた。

　だが、前田は悪びれた様子も見せない。

「気持ちよかっただろ。だけど、これでしばらくはイけなくなるだろうから、俺に楽に身体預けてろ」

　そう言うと、つながったままの歩の身体を引き起こし、うつ伏せに引っ繰り返した。

「……う」

　歩の手首は背後で、後ろ手に枷で拘束されたままだ。

　こんな格好にされると身体を支えるのは膝と肩だけになり、頬がマットに押しつけられる。

前田に完全に腰を抱えこまれる恥ずかしい格好だったが、こんなふうにされることを、自分はずっと妄想の中で思い描いていたような気もする。

　腰をつかまれて浅くなったものを深くまで入れ直されただけで、ぞくんと身体が震えた。立て続けにイかされたことで余計な力が入らなくなったのか、最初のギチギチした感覚はすっかり消えていた。

　前田が歩の腰を背後から支えながらゆっくりと動きだすと、上体が押されて歩の胸元がマットで擦れた。前田が動くたびに敏感な乳首がマットに押しつけられ、小さなその部分からの熱も全身に広がっていく。

「……ん、……ぁ、あ、あ……っ」

前田の動きを体内で受け止めるだけでも精一杯なのに、揺さぶられるたびに自分の体重をかけて乳首を擦ることになった歩は、うめかずにはいられなかった。両手は背中に拘束されているために、腕を突っ張って刺激を軽減することもできない。

「ふ……ん、ん、ん……」

だが、乳首への刺激と混じりあって、前田のものが深くまで押しこまれる快感がすごかった。頭が真っ白になる。大きすぎるものを無理やりねじこまれている感覚はしっかりあるのに、それでも柔らかくなった部分にくわえこまされて動かれるのは気持ち良くて、そこから広がる悦楽に意識が呑みこまれていく。

——俺、……前田と、……セックス…してる……。

ペニスが持つごつごつした感触と独特の弾力が歩を狂わせ、粘膜からの熱がジンジンと襞を灼く。何より腰に触れる前田の腕や、尻に触れる感触や息づかいが、そこに前田がいるということを教えてくれる。中にある前田のものも、脈打ちながらどんどん大きくなっていくのがわかって、それがたまらなかった。

「……ぁ、……あ、あ、あ……っ」

「どうだ？　バイブとは違うだろ？」

動かしやすくなってきたのか、前田が突き上げる腰の動きをリズミカルにしてくる。その激しさを受け止めきれなくて、逃げようとする腰が引き戻された。

その一突き一突きに腰砕けになっていた。これがこの後、どれだけ続くのかと思うと、クラクラする。正気を取り戻したくて、歩は軽く首を振った。

「バイブ……とは、ちが……う……」

「俺のがいいだろ」

からかうように尋ねられる。自信満々の口調に何か反論してやろうとも思ったが、ここまで感じきって溺れている現状では強がりさえ口に出せない。

感じるところに狙いを定めてパシッと押しこまれると、そこから広がる電撃に何度も息を呑まずにはいられなかった。

「うっ、……あっ、……あ、ン……っ」

何か言おうとしていた言葉も忘れ、ただ喘ぐことしかできなくなる。

そんな歩をもっと喘がせようとするように、前田の動きが速くなった。

反応せずにはいられないところに切っ先を擦りつけられ、集中的に責め立てられる。中に流しこまれたローションを襞に擦りつけるような、なめらかな動きだったが、それでも歩はたまったものではない。

「あ、……ぁ、ああ、あ、あ……っ」

感じすぎて身悶えするたびに、マットで乳首も擦れた。身体の熱が上がるのに合わせて乳首に蓄積されていくむず痒さに、自らそこをマットに擦りつけずにはいられなくなっていた。

その動きに気づいたのか、腰から胸元に前田の腕が移動して、指の間に乳首を挟みこまれた。それから、乳首を引っ張られながら歩は上体を引き起こされた。

「……う、ぁあああ……！」

中の楔（くさび）が大きく角度を変える衝撃とともに、乳首がひどく引っ張られる。その感覚に気を取られているうちに、歩は前田の腰の上に座らされてしまう。

前田がマットの上で上体を起こして座りこみ、その前田に背を預ける形で、歩も座りこんだ。体内には、前田のものが深々と入りこんだままだ。

「……ん、……ん、はぁ……、は、は……っ」

「この状態で、動いてみる？」

背後から乳首をくりくりと指先で転がしながら、前田が囁いた。

じわりと襞に響く快感があった。

「うごけ……な……い」

「息を整えてからでいいぜ。どうしても動けないんだったら、いっそ全く身動きが取れない格好にして、ただ孔だけを犯し続けてもいいけど」

前田の言葉に、そんなふうにされた自分の姿が脳裏に浮かぶ。冗談ではないと断りたかったが、前田専用の性的な玩具にされることを思い描いただけで身体が甘く溶け、前田のものをぞくぞくと締めつけてしまう。

「そういうのも、好きなんだな？」

歩の反応からそれが伝わったらしく、確認するように囁かれた。

前田が乳首を絶え間なくいじってくるから、なかなか息が整わない。腹に突きそうなほどになっているペニスも蜜だらけでむず痒くて、そこもいじって欲しくてたまらない。だけど、腕は拘束され、前田の手はただ乳首を嬲るだけだ。何より前田に自分の体重が全てかかっているのが申し訳なかったから、歩はそろそろと足の角度を変え、床に膝をついた。

足の角度を変えるだけでも、隙間なく体内にはめこまれている中のものが擦れる。その衝撃に息を詰めながら、歩はどうにか体勢を整えた。それから、前田に貫かれた腰をそろそろと引きあげていく。

「……う、……ぁ、あ……っ」

こんなふうに動くなんて、恥ずかしくてたまらない。

だが、自分で動くのは、前田に動かれているのとはまた違っていた。ちょっとした動きでもやたらと響く。その独特の快感に操られながら、ギリギリまで引き出した後で歩は腰を下げていく。

「……ん、……ぁ、あ、あ……っ、は、あ……っ」

前田のが入ってくる感覚もたまらなかった。

感じすぎて途中で何度も動きを止めなければならないほど、歩の太腿は愉悦に震えていた。

だが、少しでも動きを止めると、前田の指が咎めるように乳首を強めにつまんでねじるから、歩は絶え間なく前田の上で腰を上下させなければならない。

「……う、ん、……ん、ん……」

じゅぷじゅぷと、いやらしい音が自分の中からあふれていた。その音を聞きながら、歩は無心になって腰を揺らし続けるしかない。前田のものが深くまで突き刺さる感じがするのが、たまらなかった。

「上下だけじゃなくて、前後に動くのもいいぜ。円を描くように、動かしてもいい。……おまえの好きなところにあたるように、いやらしく動け」

前田の言葉に操られて、歩の腰の動きは、自分の中のいいところを探すものになる。だが、どこをどう動かしてもやたらと感じるから、どこがいいのかよくわからなくなっていた。淫らな音も声も止められない。

「……ん、ぁ、あ……」

気持ち良すぎて腰が砕けそうになると、前田がそれを支えて下から不規則に突き上げた。

「……ぁああ！」

不意に加わる前田の動きに、のけぞるほど感じてならない。

「やらしいな。おまえは男の上で腰を振るのがこんなにも好きなんだ？」

淫らな言葉を投げかけられながら、前田のものに擦りつけていた部分をここぞとばかりに集中的に突き上げられる。感じるところから広がっていく痺れるような悦楽に呑みこまれて、歩のほうからも必死になって迎え入れるように腰を振ってしまう。

「……ぁ、あ、あ……っ」

感じすぎて、動けなくなると、歩の身体はまた仰向けにマットに横たえられた。

大きく膝を抱え上げられてあらためて前田のものを押しこまれ、その逞しさと充溢感に息が漏れる。

「あと少しだけ、頑張ろうな」

そんな言葉とともに与えられたまなざしに、身体が奥底まで痺れる。ぐ、ぐっと深くまでえぐるように動きだした前田のものに、感じきった身体はもはやどうしようもなく押し上げられていく。感じれば感じるほどひくひくと生理的に締めつける動きも止まらなくなり、そのたびに前田のものの形を思い知らされた。

密着しているから、硬くなった歩のペニスも乳首も、前田の身体との間で不規則に擦られることになる。中だけではなく、身体のあちらこちらからあふれだす快感にも声が止まらない。

「……ン」

喘ぐ唇を舌先でなぞられた後で、前田に身体を少し下げられて乳首も舐められ、その乳首に軽く歯を立てられながら突き上げられた。前田の動きに合わせて歯の感触を感じるほど乳首を引っ張られるのも気持ちがいい。

かすかな痛みはあったが、これほどまでに快感が詰めこまれた身体にとってはスパイスでしかなかった。

「すごく、ぎゅうぎゅう締めつけるな」

前田に囁かれ、その部分を意識した途端、またそこがひくりと蠢いた。

自分の体内に前田のものがあることを、絶え間なく認識する。そこから全身が痺れるような幸福感に包まれた。どれだけ締めつけてもその存在感は変わらず、むしろより大きくなって、歩の中を隙間なくギチギチに占領してくる。その充足感に、目眩がした。

——前田と俺、……一つになってる……。

そう思うと、ぞくぞくが止まらない。

前田が動くたびに深くまでえぐりたてられて、また強い絶頂感がこみあげてきた。

「あ、……あ、あ、あ……っ、……まだ……っ？」

前田にあと少しだけ頑張ろうと言われてから、十分に耐えたのではないだろうか。感じすぎて、あともう一度何か不規則な刺激があったら、意図せずにイきそうだ。

「あと少し」

そんなふうに答えられたので、歩は快感が今にもあふれそうな身体に力をこめて、前田がイクまで我慢しようとする。それでも激しく揺さぶられるたびに腰に蓄積されていく快感に、限界がすぐそばまで迫っていた。

だが、前田はそんな状態の歩でも感じさせようとするのを止められないらしい。

「……ん、……や、ん、ん……」

膝を抱えこまれ、深い位置を集中的に刺激されて、歩は前田の挿入を少しでも浅くしようともがいた。そうしないと、深すぎる悦楽にすぐにでもイキそうだ。

「逃げんなよ」

だがその腰を引き戻され、前田のものに容赦なくえぐられた。

「……ぁ、あ、あ、あ、あ……っ」

前田のものが、深くまで叩きつけるように入っては抜けていく。その一突き一突きにイきそうになりながら、吐精をこらえるために、歩はただ息を詰めて、腰に力を入れて踏ん張るしかなかった。

下肢を満たす悦楽に喘ぎながら、歩は薄く目を開いて前田を見る。

前田も快感をこらえているような顔をしていた。それを見たとき、歩の中で快感が堰を切ってあふれる。次の突き上げとともにびく、と大きく身体がのけぞった。

「……あ、……っん、く、……いく……」

そのまま、歩はガクガクと震えて精を吐き出していた。

痙攣しながら、前田のものを襞でここぞとばかりにしごきあげる。同じタイミングで前田もイって欲しかった。

「イって……」

かすれた声で訴えたとき、歩の腰がぐっと引き寄せられ、とどめを刺すように痙攣する体内にガツガツと押しこまれた。そのあげくに、その奥で前田の熱いものが弾ける。

「……ッ、歩」

抱きすくめられ、少し苦しげに名前を呼ばれながら、精液を注ぎこまれていく。

薄れる意識の中で唇を塞がれ、好きだと囁かれたのは、たぶん現実だったはずだ。

歩が眠りから覚めたとき、何か美味しそうな匂いが漂っていた。空腹がひどく刺激される。

――これって、……お味噌汁……？

ぼんやりしながら、歩はその匂いを嗅ぐ。

そのとき、何かがこと、っとすぐそばのちゃぶ台に置かれる音が聞こえた。

そこに何気なく視線を向けたことで、歩は今の事態を認識する。

身体を綺麗にされた後で歩がとろとろと眠っていた間、前田は朝食作りを続けてくれたらしい。部屋の中にはご飯が炊けた匂い以外に、歩が好きな鮭も焼いてくれたのか、香ばしい匂いも漂っている。

それでも、うとうととした気持ち良さから逃れきれずにいたとき、毛布にくるまっていた歩は不意に頭を撫でられた。

「できたぞ。そろそろ起きろ。遅刻する」

目を開くと、すぐそばに前田が見えた。一瞬また、眠りに落ちていたらしい。

「動けそうか？」

「ン」

だるかったが、それ以上にお腹が空いていたのと、前田がどんなものを作ってくれたのか知りたい好奇心のほうが勝っていた。

歩は寝転んでいたマットに手をついて、上体を起こす。歩の部屋はワンルームだから、ちゃぶ台はすぐそこだ。

裸だったことに気づいてのそのそとスエットを着こんでから、ちゃぶ台の前に座る。

そこに並んでいた朝食を見て、思わずつぶやいた。

「美味しそう」

使われたのは冷蔵庫にあった食材だから、特に変わったものではない。だけど、ご飯は炊きたてのつやつやだし、鮭にもすごく美味しそうな焼き色がついている。

――前田、わりと料理上手？

前田と一緒にいただきますをして、まずは味噌汁をすすってみると、ダシが利いていて美味しかった。同じ味噌や材料を使っているのに、どうしてこんなに違うのだろうか。

歩は感動して、ため息を漏らした。

「すごく美味しい」

「そうか？」

前田が照れたように笑う。あまり家庭的なイメージがない前田だが、こんなにも料理上手だとは意外だった。

「……何で、そんな料理できるの？」

夢中になってご飯を頬張りながら聞いてみると、前田は鮭を箸で崩しながら答える。

「一人暮らしが長かったからな」

「一人暮らし？　結婚とか、彼女とかいないの？」

ようやく、核心に近い質問ができた。自分はそんなことすら知らないのだ。結婚していたらどうしようと思いながら、前田の答えを待つしかない。

「今すぐにでも、おまえを娶れるぐらいには問題ないぜ」

その言葉に、心からホッとした。

だが、モテそうなのにフリーなのは、何か原因があるのだろうか。歩の箸の動きが止まっていることで、前田は何か疑われているのを察したらしい。

「忙しかったからな。相手ができても、仕事が忙しいとかまえなくなって、数年で破局になるのを繰り返してきた。だからこそ、今度いい相手ができたら、毎日強制的に顔を合わせること

ができるように、早々に同棲しようと決めてたんだが」

「え」

歩は身じろぐ。

それは、明日にでも同棲しようという申し出だろうか。

――え？　でも、大丈夫？　勉強の時間とか取れる……？

嬉しいけど、困る。いきなりすぎる。引っ越し費用とかどうすればいいのかわからない。たじろいで固まった歩を見て、前田が柔らかく笑った。

「もちろん、おまえが司法試験に合格してからの話だけど」

「そっか。……そう、……なんだ」

少し拍子抜けした。そこまですぐに同棲というわけではないらしい。ホッとしたのは事実だが、同時に少し気落ちもした。

「今度こそ、合格するから」

「ああ。邪魔はしないつもりだ」

「けど、……連絡してもいい？」

「俺からするよ」

誰かと付き合うのは初めてで、どれくらいの距離を保ったらいいのかわからない。

そんな歩に、前田が言ってくれる。

「おまえからも、遠慮せずにいつでも連絡していいからな。都合がつくかぎりは、会いに来る。試験に合格したときには、そのお祝いにおまえが望むお道具を買ってやろう」

「高いやつは、すごく高いよ？」

ねだるつもりはまるきりなかったが、カタログには分娩台や映画のセットのようなものなど、ビックリする価格のものも掲載されていたはずだ。

脅すだけのつもりで言ってみると、前田は大まじめな顔でうなずいた。

「ボーナス上限な」

だけど、その口元は明らかにほころんでいる。

一生、お道具相手で過ごすつもりだった自分に、こんな素敵な恋人ができたのだと思うと、くすぐったいような、恥ずかしいような、いたたまれないような気持ちになる。

どんな顔をしていいのか、いまだにわからない。

だけど、初めてのこの気持ちを大切にしたかった。

くすぐったくて、幸せで、顔がほころぶ。

にやけ顔を隠すために、歩は口いっぱいに美味しいご飯を詰めこんだ。

あとがき

このたびは『一人上手は駆け引きが下手』を手に取っていただいて、ありがとうございます。最初のコンセプトは一人上手のお道具大好きな受が、どうせ自分はモテないし、一生独り身だろ？　という妙な悟りを得て、せっせとお道具で自分の身体を開発しているところ、攻に出会ってしまってだんだん生身の良さを知ってしまい、後戻りができなくなっていく、ということでした。

最初の思いつきから実際にお話として練っていく中で、原型をとどめなくなっていくことも多いのですが、これは本当にそのままで！　受のタイプをツンツンのクールビューティにするか、モテないモッサリにするか、どっちにしたほうがおいしいのか悩んだぐらいで（結局、モテないモッサリになりました）、無事にできあがりました。

お道具プレイとか楽しすぎて一気に仕上げてしまったぐらい、楽しかったです。定期的に、お道具プレイな受って書きたくなります。今回の受はめっちゃ可愛く書けた気がして、お気に入りです。俺モテませんから、っていう受ってなんか可愛くて、攻に乗り移ってお道具で攻めまくって、おらおら、結局こんなお道具よりも、俺の生のが欲しいだろ、っていう言葉にうなずかせるぐらいに追い詰めて泣かせたくなります。そういうところまで書けたので、……ふうううううう、満足しました！

しかも、今回の受は片方の乳首が陥没ちゃん。陥没ちゃんは好きすぎて、書く受書く受すべて陥没ちゃんにしたいぐらいなのですが、それだと集中力が薄れるので、年に一度だけ陥没ちゃんな受を書くことに自分の中で決めています。今回はその陥没ちゃんですよ……！　埋もれていたところから顔を出して、そっと外界をのぞいている感じのピュアな陥没ちゃんを、常に可愛がりたくてたまりません。今回もいっぱい陥没ちゃんをいろいろできて満足しました。最近は少しずつ陥没ちゃんが普及？　して、わりと見る？？　気もして、とっても嬉しいです。もっと広まれ、陥没ちゃん陥没ちゃん。

というお話に、本当に素敵なイラストをつけていただいた、サクラサクヤさま。ありがとうございました。キャラフラフ段階から精緻なラフにドキドキしながら、イメージ通りのモッサリ感のある受と、素敵な攻にうっとりする日々でした。表紙もめっちゃ素敵。本当にありがとうございます。

そして、このお話の相談にいろいろ乗ってくださった担当のS様。ありがとうございます。

何よりこのお話を手にとって読んでくださった皆様に、心からのお礼を。本当にありがとうございました。ご意見ご感想などございましたら、お気軽にお寄せください。

この本を読んでのご意見・ご感想をお待ちしております。
◆ あて先 ◆
〒101-0051
東京都千代田区神田神保町2-4-7 久月神田ビル7階
㈱イースト・プレス　Splush文庫編集部
バーバラ片桐先生／サクラサクヤ先生

一人上手は駆け引きが下手

2016年11月25日　第1刷発行

著　　者　バーバラ片桐（かたぎり）
イラスト　サクラサクヤ
装　　丁　川谷デザイン
編　　集　藤川めぐみ
発 行 人　安本千恵子
発 行 所　株式会社イースト・プレス
〒101-0051
東京都千代田区神田神保町2-4-7 久月神田ビル
TEL 03-5213-4700　FAX 03-5213-4701
印 刷 所　中央精版印刷株式会社

ISBN 978-4-7816-8605-9
定価はカバーに表示してあります。

Splush文庫の本

俺だけが、お前を泣かせる権利を持つ

復讐の枷〜それでもお前を愛してる〜

矢城米花
DUO BRAND.

なんて皮肉な再会だろうか。13年ぶりに帰国したアーサーのもとに派遣されたペットシッターは、恨みを抱くかつての同級生、衣川臨だった。臨の弱みを楯に取り、復讐をはじめるが妙な感情が渦巻いて…。

お前にずっと会いたかった

ロマンチストは止まれない！

朝香りく
北沢きょう

同窓会の夜、雪道はかつての想い人、仙光寺と再会し酔った勢いで体を重ねてしまう。だが離れていた間に自分はチンピラ、仙光寺は社長になっていた。不相応な関係にもう会わないと告げる雪道だったが…。

僕を穢さないでください――。

閨盗賊

沙野風結子
小山田あみ

汝、姦淫するなかれ。抑圧された生活を送るレンは、自分を誘拐した盗賊のカイルに強い憧れを抱いていた。だが数年後、貴族然とした身なりで現れたカイルは、レンの潔癖を穢して…。

樹様、どうか俺を信じないで…。

執事と二人目の主人

不住水まうす
旭炬

高宮グループの御曹司、樹にはふたつの秘密があった。その秘密を守るため、人と深く付き合うことを避けてきたが、亡き祖父の執事だった津々倉が押しかけてきてから調子が狂いはじめる…。